U0088358

Online Shopping →

如何上
英文網站購物

WWW

英文網站購物速成班

我也可以是英文網站購物王！！
上外國網站血拼、訂房、買機票、採購流行精品…
英文網站購物一指通！

Rod S. Lewis@編著

代 序　輕鬆上英文網站購物

　　這是一個國際化的世界，你不得不承認，透過網路即時、快速的訊息傳達，使人際關係間的距離縮短，也使視野更開闊了！

　　當網路開始盛行，並成為許多人生活或工作上不可或缺的得力助手時，人際關係不再受限於時間、地域的限制，並且開始產生變化，溝通成為一種及時性的模式。

　　當網路被發明時，沒有人可以想像得到：網路也可以發展「電子商務」。不管是B2C、B2B，「電子商務現象」以倍數的速度，蔓延般地在網路的世界中蓬勃發展。

　　有網路購物習慣的人，當想要購買或詢價某一商品時，第一個想到的就是上網尋找，透過強大的搜尋引擎，您不但可以在當地尋找中意的商品，更可以連結到世界各國的任何一個購物網站，尋找適合的商品。

　　「英語」仍是目前世界語言的主要潮流，當

你瀏覽英語拍賣網站時,是否能夠清楚地瞭解這些英文的說明?是否會產生「書到用時方恨少」的遺憾?不用擔心,本書 step by step,教您一步步克服在英文網站購物的窘境。

　　準備好了嗎?開始上網大肆 Online shopping 吧!

關於本書

在購物網站的每一個網頁中，資料相當繁複，您該如何解讀這密密麻麻的頁面資料，以順利購物呢？

首先，您必須瞭解網路購物的流程：搜尋商品→加入購物車→結帳→付款→完成，之後您就開始進入本書的重點了：「在英文網站上購物」。

如何成為「英文購物網站」的購物達人？本書以知名的英文網站為購物範例，一步一步教您完成購物，不管是買書、訂機票、旅遊訂房、血拼流行精品，只要簡單的 Click，您也可以成為英文網站的採購王！

本書提供五個英文網站的範例，包括亞馬遜書店、大陸航空、希爾頓飯店、紐約洋基隊、倫敦歌劇院，解釋每一個購物步驟的流程及注意事項，讓您方便快速、無障礙地註冊成為會員、登入帳號、瀏覽商品、進入購物流程，最後完成商品購物。

　　本書將每一個購物流程簡化、區分為不同單元，詳加說明在英文購物網站中，您可能會遇到的各種問題，並一步步地指導您進入網站中搜尋商品、訂購商品。

　　舉例來說，您可以在下面的表格看見一般拍賣網站常見的拍賣商品的各種基本的說明：

【英文拍賣購物網站常見的說明】

Current bid	US $36.00
Started time	Nov-20-07 09:21 PDT
End time	25 mins 32 secs (Nov-27-07 14:50 PDT)
Time left	3 days
Shipping costs	US $7.00 Standard Flat Rate Shipping Service
Ships to	United States
Item location	Virginia, United States
First bid	US $15
Bid history	11 bids
Bid increment	US $1
High bidder	Carrie

【中文翻譯】

目前出價	**36.00 美元**
開始時間	**2007 年 11 月 20 日上午 9:21**
結束時間	**25 分 32 秒 (2007 年 11 月 27 日下午 2:50)**
剩餘時間	三天
運送費用	**7.00 美元** 統一標準運送費用
運送地點	美國
物品所在地	美國維吉尼亞州
第一次出價	15 美元
出價記錄	**11** 個出價數
出價增額	1 美元
最高出價者	**Carrie**

【拍賣網頁】

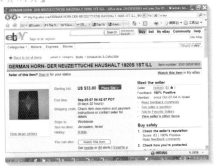

　　本書分析了世界各大拍賣網，深入瞭解網路購物的生態，利用「網路購物、拍賣」的特點，學習相關英文，像是「商品說明」、「下單」、「運送」、「付款」等，蒐集網羅相關的單元，讓您一步步學習如何在英文網路中完成購物的行為。

【相關延伸用法】

📖 Back to Top　　　回到最上面

　　　┌ 相關延伸用法 ┐
　　　▶ Top of Page　　　最上面

　　本書並不是要您學會作一位英文翻譯者，而是讓您瞭解在英文購物網路的世界中，同樣的意思可以有很多種用法，只要掌握關鍵單字即可，例如，英文的「競標」是 "bid"，但是或許也可以用 "place bid" 表示。

此外，「如何上英文網站購物」還特別針對英文購物網站的各種下單訂購、付款的流程設計，編撰兩個子單元：「英文網購達人提醒您」、「網站小常識」，隨時提供您相關的說明，提醒您注意購物的重要細節，幫助您更加瞭解購物網站的購物規則及流程規劃，以免無法順利完成購物。

　　針對網站的專業流程設計，提供您詳盡的說明，幫助您更加瞭解網站的購物規則及生態。

【實用單字】

[附錄 1]

網頁實用單字

網路	internet
上網	surf the internet
瀏覽(網頁)	browse
電子郵件	e-mail
線上服務	the online services
電子商務	the electronic commerce
收發電子郵件	send and receive e-mail
帳號	account
用戶名	username
遠端登錄	telnet
文檔伺服器	archive
新聞論壇	Usenet
電子公告欄	BBS (Bulletin Board System)
新聞群組	News Group
全球網	WWW (World Wide Web)
遠端登錄註冊	Remote Login
超文本傳輸協定	http (Hyper Text Transmission Protocol)

　　英文學習著重在活用的技巧，本書提供相關
的單字供您一起記憶，只要掌握各類商品的關鍵
單字及網路買賣所必須具備的基本用語，您也就
可以快樂地當個網路買家喔！

附錄　實用單字

Part 1

網站範例

利用五個網站為範例介紹，

Step by step，

教您輕輕鬆鬆完成線上購物！

範例 1　亞馬遜書店

http://www.amazon.com

Step 1	**Add to Shopping Cart**
	加入購物車
Step 1-1	**Edit Shopping Cart**
	編輯購物車
Step 2	**Sign In**
	登入
Step 3	**Shipping**
	運送

Step 3-1	**Shipping Address**	
	運送地址	
Step 3-2	**Shipping Details**	
	運送細節	
Step 4	**Payment**	
	付款	
Step 5	**Place Order**	
	下單	
Step 6	**Confirmation Letter**	
	確認信函	
Step 6-1	**Purchasing Information**	
	購物訊息	
Step 6-2	**Order Summary**	
	訂單一覽表	
Step 7	**Order has shipped**	
	訂單已出貨	

Step ①

Add to Shopping Cart
加入購物車

● Add to Cart
　加入購物車

● Add to Shopping Cart
　加入購物車

● Quantity ▼
　數量

● Sign in to turn on 1-Click ordering.
　登入以繼續點選購物

● Edit shopping cart
　編輯購物車

※可以點選 Edit shopping cart 以更改購物車的內
容，例如另外選購書籍及更改數量等。

● Customers who bought ~ also bought:
　買~(書)的顧客會同時買：

※藉由你有興趣的書，促銷相關的書籍。你也可
以考慮是否購買，若有興趣，可再點選 Add to
Shopping Cart。

- Added to Your Shopping Cart : The Ocean-David Wang Paperback $10.36
  已加入你的購物車：海洋 - 王大衛/平裝書，美金 10.36 元

- Quantity : 1
  數量：一本

- Subtotal = $10.36
  小計＝美金 10.36 元

  ※在國外網站，如果沒有特別註明幣值，通常使用網站設立國當地的幣值。

Step ❶-❶

Edit Shopping Cart
編輯購物車

- Make any changes below?
  以下想要做任何的改變嗎？

- Subtotal = $10.36
  小計＝美金 10.36 元

- Update
  更新

  ※上述的 Update 是提供連結到購物車(shopping cart)頁面的功能。

- Shopping Cart Items--To Buy Now
  購物車項目一現在就買

- Item added on September 20, 2007
  2007 年 9 月 20 日增加的項目

- The Ocean - David Wang Paperback

海洋-王大衛/平裝書

> ※以上分別為書名、作者名、書籍裝訂方式

- In Stock

有庫存

- Price : $10.36

售價：美金 **10.36** 元

- Qty:

數量

> ※ Qty = quantity（數量）

- Add gift-wrap/note

加入禮品包裝/註明

Step ❷

Sign In
登入

- Chick here to sign in
  點選這裡以登入

- Enter your e-mail address: [   ]
  輸入你的電子郵件信箱

- I am a new customer.
  我是一個新客戶。

- You'll create a new account later.
  稍後你會開啟新的帳號。

- I am a returning customer, and my password is: [   ]
  我是個舊客戶，我的密碼是

- Forgot password?
  忘記密碼？

Step ❸

Shipping
運送

- Choose a shipping address
  選擇一個運送地址

- Is the address you'd like to use display-ed below?
  以下顯示的是你要使用的地址嗎？

- If so, click the corresponding "Ship to this address" button.
  如果是，點選Ship to this address按鈕回應。

- Or you can enter a new shipping ad-dress.
  或是你可以輸入一個新的運送地址。

> ※若是新客戶，網站就會要求提供新的運送地址。

- Address Book
  地址簿

- Edit
  編輯

- Delete
  刪除

- Or enter a new shipping address
  或是輸入新的運送地址

※當上述地址不是最新的運送地址時，就需要提
　供新的地址資料給購物網站。

◎ Be sure to click "Ship to this address"
　when done.

當完成後，確定要點選Ship to this address.

※ Ship to this address＝運送到這個地址

Step ③ - ①

Shipping Address
運送地址

- Enter the shipping address for this order.

  輸入這張訂單的運送地址。

- Please enter a shipping address for this order.

  請輸入這張訂單的運送地址。

- Please also indicate whether your billing address is the same as the shipping address entered.

  請同時表明你的帳單是否和已輸入的運送地址相同。

- When finished, click the "Continue" button.

  如果完成，點選Continue按鈕。

  ※ Continue＝繼續

- Or, if you're sending items to more than one address, click the "Add another address" button to enter additional addresses.

  或是，如果你要運送這些物品到一個以上的地址，點選Add another address按鈕以輸入額外的地址。

※ Add another address＝增加另一個地址

◎ Full Name:

全名

◎ Address Line1:

第一行地址

※ Street address, P.O. box, company name, c/o

街道、信箱號碼、公司名稱、轉交人

◎ Address Line2:

第二行地址

※ Apartment, suite, unit, building, floor, etc.

公寓、套房、大樓、樓層等

◎ City:

城市

◎ State/Province/Region:

州別/省/地區

◎ ZIP/Postal Code:

郵遞區號

◎ Country:

國家

※ 提供下拉捲軸以點選國家，在此我們要點選 "Taiwan"

◎ Phone Number:

電話號碼

○ Is this address also your billing address (the address that appears on your credit card or bank statement)?

這是否是你的帳單地址（是你的信用卡或銀行帳單的地址）？

☐ Yes
是的

☐ No (If not, we'll ask you for it in a moment.)
不是(如果不是，我們稍後將會詢問你地址。)

※要勾選Yes或No前方的確認方格。

○ Ship to this address
運送到這個地址

※只要確認輸入新的運送地址後，都需要點選 Ship to this address按鈕，以完成shipping的確認程序。

○ Sending items to more than one address?
要將這些物品運送到一個以上的地址嗎？

○ Ship to multiple addresses
運送到多個地址

※提供連結功能，以至下一個頁面填入運送地址資料。

Step ❸ - ❷

Shipping Details
運送細節

◉ Choose a shipping preference
選擇一個運送選項

◉ Group my items into as few shipments as possible.
如果可能，將我的物品集結出貨。

◉ I want my items faster. Ship them as they become available.(at additional cost)
我想要快一點收到我的商品。如果有貨，盡快運送給我。（要增加額外費用）

> ※ at additional cost 是提醒你，若是想要盡快收到商品，則必須支付額外的費用。

◉ Choose a shipping speed:
選擇運送速度：

☐ Standard International Shipping
國際標準運送

☐ Expedited International Shipping
國際快速運送

☐ Priority International Courier
國際優先急件運送

- Items: Need to change quantities or delete?

  物品：需要更改數量或刪除嗎？

- Shipping to: ～

  運送至：～

※請自行確認運送的地址、收信者是否正確。建議可以上台灣郵政全球資訊網（http://www.post.gov.tw/post/index.jsp）點選「中文地址英譯查詢」連結。

- Shopping Detail

  購物細節

  the Ocean-David Wang

  海洋-王大衛

  $10.36

  美金10.36元

  quantity: 1-In Stock

  數量：1本－有庫存(註1)

  condition: new

  狀況：新書(註2)

  sold by: Amazon.com

  出售：亞馬遜網站(註3)

（註1）有In Stock的標示表示此網站有這本書的庫存，所以此商品是有庫存可以立即出貨的。

（註2）會有Condition: new的說明，是因為亞馬遜網站也有提供二手書（Used Book）的代銷售服務，在此註明此為新書而非二手書。

（註3）因為同時提供上述二手書代銷售的服務，所以亞馬遜網站會特別提醒你，這一本書是由亞馬遜網站所賣出。

Step ④

Payment
付款

- Please select a payment method
  請選擇一種付費方法

- Please click the button corresponding to your selection, then fill in all required information.
  請點選按鈕以回覆你的選擇，然後填寫所有必要的訊息。

- Pay with existing card
  使用已有的信用卡付款

- Credit Card No. [＿＿＿＿＿]
  信用卡號碼

- Cardholder's Name [＿＿＿＿＿]
  持卡人姓名

- Expiration Date [01 ▼] [2008 ▼]
  有效期限(月/西元年)

※表示在此要輸入信用卡的有效期限。第一格為月份，第二格為西元年份。

Step⑤

Place Order
下單

- Proceed Checkout
  進行結帳

- Please review and submit your order
  請詳閱並送出你的訂單

- By placing your order, you agree to Amazon.com's privacy notice and conditions of use.
  只要下訂單，表示你同意亞馬遜網站的隱私通告及使用條件。

- Review the information below, then click "Place your order."
  瀏覽以下訊息，然後點選 Place your order。

- Shipping Details
  運送細節

- Shipping to: ~
  運送至：～

  ※ 網站會列出先前你所註明的運送地址，請自行確認運送的地址、收信者是否正確。

- Phone: ~
  電話：～

- Order Summary
  訂單一覽
- Items:$30.13
  商品（售價）：美金30.13元
- Shipping & Handling:$16.97
  運費及手續費：美金16.97元
- Total Before Tax : $47.10
  稅前總計：美金47.10元
- Estimated Tax: 0
  稅金：(美金)0元
- Order Total : $47.10
  訂單總金額：美金47.10元

- Payment Method
  付費方法
- Visa: ***-60184
  威士卡：***-60184

※網站保護使用者付費安全機制，不會將所有信
用卡號碼公布在網站上，通常會公布部分號碼
以供核對。

- Exp:09/2008
  有效期限：09/2008

※ Exp = Expiration（期滿）

- Billing Address
  帳單地址

○ Phone:
電話

※上述帳單地址及電話等資料，都必須先自行確
　認內容是否正確，才能繼續進行至下一步驟。

○ Checkout
結帳

※按下 Checkout 後，即完成購物程序。

※ sept6 及 step7 均是你完成購物後，亞馬遜網站
直接發信至你的電子郵件信箱的訊息。

Step ❻

Confirmation Letter
確認信函

- Your Order with Amazon.com
  你在亞馬遜網站的訂單

- Thanks for your order, Johnny.
  Johnny，感謝您的下單。

- Want to manage your order online?
  想要線上管理你的訂單嗎？

- If you need to check the status of your order or make changes, please visit our home page at Amazon.com and click on Your Account at the top of any page.
  假使你需要確認你訂單的現況或是想要做改變，請至Amazon.com瀏覽我們的首頁，並在任何一個頁面的上方點選Your Account。

※ Your Account=你的帳戶

Step ❻ - ❶

Purchasing Information
購物訊息

◉ E-mail Address:Johnny@hotmail.com

電子郵件地址：Johnny@hotmail.com

◉ Billing Address

帳單地址
Johnny
8F., No.12, Maple St.,
Taipei City, ROC 100
Taiwan

◉ Shipping Address

運送地址
Johnny
8F., No.12, Maple St.,
Taipei City, ROC 100
Taiwan

◉ Order Grand Total: $47.10

訂單總金額：美金 47.10 元

Step ⑥ - ②

Order Summary
訂單一覽表

◎ Shipping Details : (order will arrive in 1
shipment)
運送細節：（訂單商品將一次運達）

◎ Order #: 002-4708341-6180813
訂單號碼：002-4708341-6180813

◎ Shipping Method:
Standard InternationalShipping
運送狀況：國際標準運送

◎ Shipping Preference: Group my items
into as few shipments as possible
運送選項：如果可能，將我的物品集結貨。

1. "The Ocean"
   David Wang; Paperback; $10.36
   Sold by: Amazon.com
2. "Marley & Me"
   John Grogan; Hardcover; $19.77
   Sold by: Amazon.com

◎ Subtotal of Items: $30.13
商品小計：美金30.13元

◎ Shipping & Handling: $16.97
運費及手續費：美金16.97元

- Total for this Order: $47.10
  此張訂單總計：美金47.1元

- Shipping estimate for these items：August 22, 2007
  商品預計運送（日期）：2007年8月22日

- Delivery estimate：September 12, 2007-September 21, 2007
  預計運送抵達（日期）：2007年9月12日至2007年9月21日

Step ⑥-❸

> **Note**
> 注意
>
> ◎ Where can I get help with reviewing or changing my orders?
>
> 我可以從何處得到瀏覽或修改我的訂單的協助？
>
> ◎ To learn more about managing your orders on Amazon.com, please visit our Help pages at amazon.com/help/orders/.
>
> 要知道更多有關在亞馬遜網站管理你的訂單的方法，請瀏覽我們amazon.com/help/orders/（網址）的協助網頁。
>
> ◎ Please note : This e-mail message was sent from a notification-only address that cannot accept incoming e-mail. Please do not reply to this message.
>
> 請注意：這一封電子郵件來自「只限通知信箱」，是無法收信的。請勿回覆此訊息。
>
> ◎ Thanks again for shopping with us.
>
> 再次感謝您向我們購物。
>
> ◎ Prefer not to receive HTML mail? Click here
>
> 不想要接受HTML格式的電子郵件嗎？點選這裡。

Step 7

Order has shipped
訂單已出貨

⊙ Greetings from Amazon.com.
來自亞馬遜的問候。

⊙ We thought you'd like to know that we shipped your items, and that this completes your order.
我方認為,您可能想要知道我方已將您(訂購)的商品一次完全出貨給您。

⊙ You can track the status of this order, and all your orders, online by visiting Your Account at http://www.amazon.com/gp/css/history/view.html
您可以追蹤訂單的現況及所有的訂單,只要至 http://www.amazon.com/gp/css/history/view.html瀏覽Your Account

⊙ There you can:
在那裡您可以:

※Track your shipment
追蹤您的貨品

※View the status of unshipped items
瀏覽還未出貨品項現況

※Cancel unshipped items
取消未出貨商品

※Return items
商品退貨

※And do much more
還有更多的事

○ Shipped via International Shipping (estimated arrival date: 21-September-2007).
商品透過國際運送(預計送達日期:2007年9月21日)

○ Tracking number: GM01088
追蹤號碼:GM01088

○ This shipment was sent to: ~
貨物已經出貨到:~

○ via International Shipping
透過國際出貨方式

○ For your reference, the number you can use to track your package is GM01088.
為了您的需要,你可以使用編號GM01088追蹤貨物。

○ Visit http://www.amazon.com/wheres-my-stuff to track your shipment.
瀏覽 http://www.amazon.com/wheres-my-stuff以追蹤你的商品。

○ Please note that tracking information may not be available immediately.
請注意,追蹤訊息可能無法馬上使用。

◎ If you've explored the links on the Your Account page but still need assistance with your order, you'll find links to e-mail or call Amazon.com Customer Service in our Help department at http://www.amazon.com/help/

如果您已找到您的帳戶連結頁面，但仍需要協助有關您的訂單事宜，您會在http://www.amazon.com/help/看見我們的協助部門的連結，可以發e-mail或是打電話至亞馬遜的客服部門。

如何上
英文網站購物

範例 **2** 大陸航空

http://www.continental.com

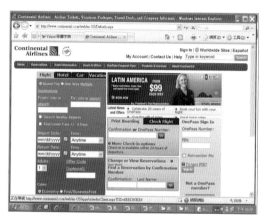

Step 1	**Flight**
	班機
Step 2	**Flight Search**
	機票搜尋
Step 2-1	**Search By~**
	利用~搜尋
Step 3	**Manage Reservations**
	訂票管理

Step 4	**Airport**	
	機場	
Step 5	**Choose Flights**	
	選擇班機	
Step 6	**Ticket Details**	
	機票細節	
Step 7	**Traveler Information**	
	遊客資訊	
Step 7-1	**Passport Information**	
	護照資訊	

如何上
英文網站購物

Step ❶

Flight
班機

- Round Trip
  來回票

- One Way
  單程

- Multiple Destinations
  多個目的地

- From: (city or airport) ☐
  從:(城市或機場)

- To: (city or airport) ☐
  至:(城市或機場)

- Search Nearby Airports
  搜尋附近的機場

- Find Lower Fare +/- 3 Days
  尋找較低價格(3天之內到達的天數)

- Depart Date: dd/mm/yyyy
  離境日期:(日期/月份/西元年)

- Return Date: dd/mm/yyyy
  回程日期(日期/月份/西元年)

- Time: Anytime
  時間:任何時間

- Loading calendar
  下載日曆

※大陸航空網站提供日曆的下載，以方便網友查詢日期及星期。

Depart Date:　Time:
dd/mm/yyyy　📅　Anytime　▾　　● More
Return Date:　Time:　　　　　　Check-in
dd/mm/yyyy　📅　Anytime　▾　　departure

Select a Date:　　　　　　　　　　　　　Close ☒

九月 2007						
S	M	T	W	T	F	S
						1
2	3	4	5	6	7	8
9	10	11	12	13	14	15
16	17	18	19	20	21	22
23	24	25	26	27	28	29
30						

十月 2007						
S	M	T	W	T	F	S
	1	2	3	4	5	6
7	8	9	10	11	12	13
14	15	16	17	18	19	20
21	22	23	24	25	26	27
28	29	30	31			

Select Another Month:
九月 2007　▾

◦ Adults: _____

成人

※填入搭乘飛機的成人數

◦ Cabin

艙別

☐ Economy
　經濟艙

☐ First/BusinessFirst
　頭等艙/商務艙

◦ Search By:

依照～搜尋

☐ Price
價格

☐ Schedule
行程

☐ Reward Travel
優惠旅遊行程

☐ Nonstop Flights Only
只要不轉機行程

◉ Advanced Search
進階搜尋

◉ Children, Country of Purchase...
孩童、國家的購票…

> ※後方的…表示還有更多的選項，請自行點選進
> 入參考。

Step ❷

Flight Search
機票搜尋

- Round Trip
  來回票

- One Way
  單程

- Multiple Destinations
  多個目的地

> ※以上各選項與step1 幾乎都一樣，只有Multiple Destinations選項提供一個以上的目的地勾選。

- Where and when do you want to fly?
  你想要何時、飛往何地？

- From: (city or airport)
  從：（城市或機場）

- To: (city or airport)
  至：（城市或機場）

- Search Nearby Airports
  搜尋附近的機場

- Who is traveling?
  誰要旅遊？

  □ Adults (age 18 to 64)：
  成人（18至16歲）

  □ Children (age 12 to 17)：
  幼童（12至17歲）

- [ ] Infants (under age 2) in a reserved seat: ▼

  需搭乘特定嬰兒座椅的嬰兒（2 歲以下）

- [ ] Seniors (age 65 and older): ▼

  長者（65歲及以上）

- [ ] Children (age 5 to 11): ▼

  幼童（5至11歲）

- [ ] Infants (under age 2) in adult's la: ▼

  可以坐在成人腿上的嬰兒（2歲以下）

- [ ] Children (age 2 to 4): ▼

  幼童（2至4歲）

◉ Unaccompanied Minor Travel Policy
未成年者無隨行人員的旅遊政策

◉ Infant Travel Policy
幼童旅遊政策

◉ Include a pet in your reservation. See our Pet Travel Policy.
訂票有包含你的寵物。請參閱我們的寵物旅遊政策。

※若有要攜帶寵物上飛機，得勾選此項

◉ What is your fare preference?
你的票價選項為何？

○ Fare Type
票價種類

☐ Lowest Available Fare-Most Restrictions
最低票價-最多限制

☐ Lowest Refundable Fare-Fewer Restrictions
最低票價（可退票）-較少限制

☐ Full Fare-No Restrictions
全票-沒有限制

○ Enter specific classes of service: (ex. Y, H, K) [＿＿＿＿]
輸入特定艙別（例如：Y, H, K）

○ Where is your billing address?
你的帳單地址在哪裡？

○ Billing Address Country: [＿＿＿ ▼]
帳單地址所在的國家

※網站中有列出全球各國家名稱供選擇，在此我們須選擇Taiwan。

○ How would you like your flight results displayed?
你想要如何顯示搜尋結果？

☐ Nonstop Flights Only
只要直飛班機

□ OnePass Reward Upgrade
  OnePass升級優惠

□ Continental Airlines Flights Only
  只要大陸航空班機

⊙ (Includes Continental Micronesia, Continental Express operated by ExpressJet Airlines, Inc. or Chautauqua Airlines, and Continental Connection carriers.)

（包含美國大陸航空公司密克羅西尼亞線、Continental Express、Chautauqua Airlines 及Continental Connection carriers）

※此為「只要大陸航空班機」選項的備註說明

Step ❷ - ❶

Search By: ~
利用～搜尋

- Price
  票價

- Schedule
  行程

- Reward Travel
  優惠旅遊

- Number of Flights to Display: [　　　▼]
  顯示班機數量

- Change/View Existing Reservations
  更改、閱覽已經完成的購票

- You can change your seat, e-mail your itinerary to someone, request a refund, change flights, request a receipt and much more.
  你可以更改你的座位、將你的行程 e-mail 給他人、要求退費、更改班機、要求收據，以及更多的事。

- Check-in for Flight
  登機報到

- Check in for your flight online 24 hours before departure.
  在離境前的 24 小時於線上登機報到。

- Refund/Cancellation Policy
  退費、取消政策

- Read our policy on refunds and cancellations.
  閱讀我們的退費、取消政策。

Step ③

Manage Reservations
訂票管理

- Find my current reservation by confirmation number

  利用確認號碼尋找我現在的訂票

- Enter your confirmation number and the last name of any of the travelers to access the following features:

  輸入你的確認號碼以及任何一位旅客的姓氏，以查詢下列事項：

- Review your reservations

  檢視你的訂票

- View/ Change seat assignments

  察看/更改座位安排

- Add frequent flyer information

  增加經常飛航的訊息

- Add a special service request

  增加特別服務需求

- Request a refund, if applicable

  如果適用，要求退費

- Change flight, if applicable

  如果適用，更改班機

- Print a copy of your reservation

  列印你的訂單

◎ View/ Request a receipt (Online, E-mail or Fax)

檢閱/申請收據（線上、電子郵件或傳真）

> ※視個人需要，利用網路、電子郵件或傳真的方式，提供瀏覽或申請收據的服務。

◎ To request a receipt 7 days after the last travel date, please request a past receipt.

在最後一段航程的 7 天後，可要求申請收據，請（點選）request a past receipt。

◎ Export your reservation details to your Outlook calendar

匯出你的訂票詳細資料到你的 Outlook 日曆

> ※大陸航空網站提供將你的訂票資料匯入你的 Outlook 收信軟體的服務，以方便你使用 Outlook 的日期提醒等的功能。

◎ E-mail a summary of your itinerary to anyone.

E-mail 你的行程一覽表給任何人

◎ Keep track of your reservations and travel preferences automatically; Sign in to your OnePass account now.

要自動追蹤你的訂票資料以及旅遊選項；請現在就登入你的 OnePass 帳號。

Step ④

Airport
機場

- Cities/Airports Served
  提供服務據點的城市/機場

- Country: [Select Country ▾]
  國家：選擇國家

  > ※已列出有飛行的國家以供點選，點選所要的國
  > 家後，會出現飛行地點的機場名稱及代號，點
  > 選符合你條件的機場代號。

- City/ Airport
  城市/機場

- Select
  選擇

- Locate your city and airport from the list below.
  從以下清單標示你的城市及機場。

- Click on the arrow button to select your city and airport.
  點選箭頭按鈕以選擇你的城市及機場。

- Cities or airports without arrow buttons are not served by Continental Airlines or its partners.
  城市或機場沒有箭頭標示者，表示大陸航空或其分公司沒有服務據點。

※選擇國家及後，會出現相關機場據點，有箭頭符號者，表示大陸航空有飛行至此的航班。

Step ⑤

Choose Flights
選擇班機

- Select Departing Flight
  挑選離境班機

- Your Search by Price
  你的搜尋是依照價格(搜尋)

- Round Trip
  來回票行程

- Depart: Taipei, Taiwan (TPE)
  離境：台北，台灣

  ※ TPE 為 Taipei 國際代號

- Date: Mon., 20 Aug., 2007
  日期：週一，八月廿日，2007年

- Time: Anytime
  時間：任何時間

  ☐ Early Morning
    稍早

  ☐ Morning
    早上

  ☐ Late Morning
    接近中午

  ☐ 12:00 Noon
    中午12點鐘

☐ Afternoon
  下午

☐ Evening
  晚上

☐ Midnight
  午夜

◎ Cabin：Economy
  艙別：經濟艙

◎ Arrive: Burbank, CA (BUR)
  抵達：柏斑克，美國加州

  ※ BUR 為 Burbank 的國際代號

◎ Our Lowest Fares
  我們提供的最低票價

◎ With Stops
  有轉機

◎ Select Your Departing Flight for Mon., 20 Aug., 2007
  選擇你 2007 年八月廿日星期一的離境班機

◎ Departing
  離境

◎ Arriving
  抵達

◎ Travel Time
  行程時間

◎ Price
票價

◎ Flights with stops from 157,239.00 TWD

有轉機航班，票價新台幣 157,239 元

※ TWD 是台幣的代碼

◎ Depart:18:20 Mon., 20 Aug., 2007 Taipei, Taiwan (TPE)

離境：2007 年八月廿日，星期一 18 點 20 分，台灣(台北)起飛

◎ Arrive:14:10 Mon., 20 Aug., 2007 Seattle, WA (SEA)

抵達：2007 年八月廿日，星期一 14 點 10 分，華盛頓(西雅圖)

※ SEA 為 Seattle 國際代號

◎ Flight Time:10 hr 50 mn

飛行時間：10 小時 50 分鐘

※ hr=hour（小時）；mn=minute（分鐘）

◎ Flight : CO9620

航班(號碼)：CO9620

◎ Aircraft : Boeing 747-400 Combi

班機：波音 747-400Combi 客機

◎ Fare Class : First/Business

票價等級：頭等/商務艙

- Meal: Meal (No Special Meal Offered.)

  餐點：餐點（沒有提供特別餐點）

- Meal: None

  餐點：無

- Change Planes

  轉機班機

- Connect time in Seattle, WA (SEA) is 3 hours 15 minutes.

  在華盛頓西雅圖轉機需要3小時15分鐘。

Step ⑥

Ticket Details
機票細節

- Review Ticket Details
  檢閱機票細節

- Price Details
  票價細節

- 1 Adults (age 18 to 64)
  一位成人（18至64歲）

- 157,239.00 TWD
  新台幣 157,239 元

- Additional Taxes/Fees2,355.00 TWD
  額外加稅金費用新台幣 2,355

- Total Price159,594.00 TWD
  總票價新台幣 159,594

Step ❼

Traveler Information
遊客資訊

⊛ Traveler 1-Adults (age 18 to 64)
一位乘客-成人（18至64歲）

⊛ Title (optional): [　　　　　　▼]
頭銜（非必須選項）

☐ Mr.
先生

☐ Mrs.
(已婚)女士

☐ Ms.
女士

☐ Dr.
博士

☐ Miss
小姐

☐ Prof.
教授

⊛ First Name: [　　　　　]
名字

⊛ Middle Initial (optional): [　　　　　]
中間名（非必須選項）

⊛ Last Name: [　　　　]
姓氏

○ Seat Request
座位要求

☐ No Preference
沒有特別偏好

☐ Aisle
走道（座位）

☐ Window
窗戶（座位）

○ Traveler requires special assistance (ex. traveler has or needs a wheelchair).
乘客要求特別協助（例如乘客有或需要輪椅）

○ Have seats chosen based on above seat preference.
根據上述選項選擇座位。

○ Use seat selector to choose seats.
使用選擇器來選擇座位。

Step ❼ - ❶

Passport Information
護照資訊

⊙ Country : [▾]
　國家

⊙ Passport Number : [ ]
　護照號碼

⊙ Expiration Date : [dd/mm/yyyy]
　有效期限：日/月/西元年

⊙ Passport, visa and health require-
　ments may apply for your destination.
　護照、簽證及健康證明，將視你的航程目的
　地需要提供。

⊙ U.S. Customs and Border Protection
　Information (optional)
　美國民眾及邊境保護資訊（非必須選項）

⊙ All of the following information is op-
　tional for flight purchase, but will be re-
　quired at the airport before departure.
　以下所有資訊在購買機票時都是非必須選
　項，但是在機場離境前，都是必須備齊的。

⊙ Citizenship Status :
　公民身份

　□ U.S. Citizen
　　美國公民

☐ Non-U.S. Citizen Residence
　　非美國定居公民

◉ Permanent Residence/Residence
　Alien Card Number (optional): ☐
永久居住/僑民卡號（非必須選項）

◉ Expiration Date (optional): `dd/mm/yyyy`
有效期（非必須選項）：日/月/西元年

◉ Citizen of a country other than the U.S.
美國以外國家的公民

◉ Country (optional): ▼
國家（非必須選項）

◉ Will you be spending time in the U.S.?
(optional)
你將會待在美國嗎？（非必須選項）

☐ I am in transit. My final destination
is not the U.S.
　　我是轉機。我最終的目的地不是美國。

☐ I am visiting the U.S.
　　我來美國觀光

◉ Contact Information
聯絡資訊

☐ Home Phone Number: ☐
　　家中電話號碼

☐ Business/Other Phone Number:
☐
　　公司或其他電話號碼

範例 3 希爾頓飯店

http://www1.hilton.com

Step 1	**Find Hotel**
	尋找飯店
Step 1-1	**Advanced Hotel Search**
	飯店進階搜尋
Step 2	**Reservations**
	訂房
Step 3	**Groups and Meetings**
	團體和會議

Step 4	Hotel Search
	飯店搜尋
Step 4-1	Hotel or Keyword
	飯店或關鍵字
Step 5	Dates & Preferences
	日期和偏好
Step 6	Rooms & Rates
	房間和房價
Step 7	Guest Information
	住房訊息

Step ❶

Find Hotel
尋找飯店

- By City
  依照城市搜尋

- location [　▼]
  地點

- City
  城市

- State/Province [　▼]
  州別/省別

  ※點選州別/省別選項

- Country [　▼]
  國家

- Search Within [mi/km ▼]
  搜尋在～之內

  ※可依照可到達的時間或距離搜尋
  ※mi=minute(s)/分鐘
  　km= kilometer(s)公里

- Hotels [　▼]
  飯店

  ☐ Hilton Hotels
  　希爾頓飯店

  ☐ All Hilton Family Hotels
  　所有希爾頓家族飯店

◎ By Airport
依照機場

◎ Location : City or Airport Code
地點選項：城市或機場代號

※填入城市名稱或機場代號

◎ By Attraction
依照喜好

◎ Attraction name
中意的名稱

◎ More Search Options
更多搜尋選項

☐ In a City
在城市中

☐ Near an Airport
靠近機場

☐ Near an Attraction
靠近

☐ Near an Address
靠近地址

☐ Along a Route
沿著路線

◎ Search Results
搜尋結果

◎ Change Your Search
更改你的搜尋

- Search Again
  再搜尋一次

- There are multiple locations matching your request.
  有許多地點符合你的需求。

- Please select a location from the list below.
  請從以下清單選擇一個地點。

- Check availability
  確認空房

Step ① - ①

Advanced Hotel Search
飯店進階搜尋

* Search By ~
  依照～搜尋

* To begin, please enter the city, state, and/or country to which you will be traveling.
  若要開始（搜尋），請輸入你要旅遊的城市、州別以及/或是國家。

* View Results
  觀看結果

  □ In a list
  用清單(顯示)

  □ On a map
  用地圖(顯示)

* Dates (optional)
  日期（可選擇）

* My Travel Dates are
  我的旅遊日期是

  □ Fixed
  固定的

  □ Flexible
  有彈性的

® Hotel Features
飯店特色

□ Pool
游泳池

□ Fitness Center
健身中心

□ Business Center
商務中心

□ High Speed Internet Access
寬頻網路

□ Meeting Facilities
會議設施

□ Pets Allowed
可以攜帶寵物

Step ❷

Reservations
訂房

- Availability
  有空房

- Check-in
  入住

- Check-out
  結帳

- Day [27 ▼]
  日期

  ※為 1-31 的選項

- Month [Nov 2007 ▼]
  月份

  ※有月份搭配年份的選項
  ※在旁邊有日期圖示可以點選，以對照查詢日
  　期、月份、星期等資料）

- More Search Options
  更多搜尋選項

- Flexible Travel Dates?
  是有彈性的旅遊日期嗎？

  ※如果登記住宿退房的時間無法確定，就可以點
  　選此連結，以查詢開始住宿的日期及住宿的期
  　限。

◎ Start Date
開始（住宿）的日期

◎ Day
日期

◎ Month
月份

◎ Length of Stay
住宿（時間）的長度

> ※有 1 night（一晚）到 14 nights（十四晚）的選項

◎ Back to Fixed Dates
回到固定日期

◎ Existing Hotel Reservations
已有的飯店預約

◎ To view a reservation, please enter
要瀏覽訂房請進入

> □ 1. Enter your confirmation number
> 　　輸入你的（訂房）確認號碼
>
> □ 2. Enter your last name -or- last
> 　　 four digits of the credit card
> 　　輸入你的姓氏或信用卡最後四碼

◎ Find it
尋找

> ※執行搜尋結果

Step ③

Groups and Meetings
團體和會議

- E-Events
  線上活動

- Request for Proposal
  企畫需求

- Weddings
  婚禮

- Guest List Manager
  宴客名單經理人

- Event Resources
  活動資源

> ※以上均為Groups and Meetings團體和會議所提供的服務

- Search
  搜尋

- Use the tabs below to enter your event criteria for a Meeting Room & Guest Rooms, a Meeting Room Only or Guest Rooms Only.
  使用下方的標籤來輸入你的活動標準所需的會議室及賓客房間、單純會議室及單純賓客房間。

- All active fields are required.
  所有的欄位都是必填的。

- Meeting Room and Guest Rooms
會議室及賓客房間

  ☐ Meeting Room Only
  單純會議室

  ☐ Guest Rooms Only
  單純賓客房間

- Group Value Dates
團體優惠日期

- Group Value Dates are special rates offered by our hotels for multiple rooms booked for a group.
團體優惠日期是由本飯店針對大量訂房需求設定定價。

- Typically, you can find discounts from 10-30% off of our standards seasonal group rates.
基本上，你享有標準季節性團體價格的10-30%的折扣。

- Retrieve e-Event
重新獲得e-Event（資料）

- You must sign-in to your HHonors or Fast Reservations account to retrieve an e-Event that you have previously booked.
你必須要登入你的HHonors 或快速預約帳號來重新獲得你先前所申請的e-Event。

- E-Events Confirmation Number
  E-Events確認號碼

- Start Date ⏷
  開始日期

- End Date ⏷
  結束日期

- Maximum Attendees ⏷
  最多參加人數

- Do you need:
  你是否需要：

  > ☐ Food & Beverage
  >   食物和飲料
  >
  > ☐ Audio/Visual Equipment
  >   視聽設備

Step ④

Hotel Search
飯店搜尋

- To find the facility most suitable for your needs, please enter at least one criteria for your meeting below.

  為了找到適合你需求的設備,請至少輸入下方一個符合你的會議的標準。

- To view locations on a map, you must enter a city, state and/or country.

  要看地圖上的地點,你必須輸入城市、州別以及/或國家。

- Dedicated Exhibit Space: [　　▼]

  專用的展場空間

  ☐ Less than 1,000 sq. ft.
  小於 **1,000** 平方公尺

  ☐ 2,500 sq. ft.
  2,500 平方公尺

  ※ sq. = square (平方)
  ft. = foot (英尺)

- Minimum Ceiling Height: [　　▼]

  天花板最低的高度

  ☐ 6 ft.
  6 呎

⊙ Largest Meeting Room: ▼
最大的會議室

☐ Less than 1,000 sq. ft.
　　小於 1,000 平方公尺

☐ 2,500 sq. ft.
　　2,500 平方公尺

⊙ Second Largest Meeting Room: ▼
第二大的會議室

☐ Less than 500 sq. ft.
　　小於 500 平方公尺

☐ Less than 1,000 sq. ft.
　　小於 1,000 平方公尺

⊙ Search by Airport by entering an airport code.
要依機場搜尋，請輸入機場代號。

Step ④ - ①

> ### Hotel or Keyword
> 飯店或關鍵字

- To find the facility most suitable for your needs, please enter a facility name.

  要找到最符合你需求的配備，請輸入設備名稱。

- You may also enter a related keyword, such as golf or resort, to find facilities that contain golf or resort within the name.

  你也可以輸入相關的關鍵字，像是高爾夫或觀光，以找到包含這些名稱的設備。

- Event Start Date

  活動開始日期

- Event End Date

  活動結束日期

- Space Calculator

  空間計算機

- Create a password

  建立一個密碼

- Re-enter password

  再鍵入一次密碼

- Meeting Space Calculator

  會議空間的計算

○ Find out how many people will fit in your room or what size room you need for your number of attendees

找出你的房間中要容納多少人或是根據你的出席人數來決定需要什麼尺寸的房間。

○ Choose a Room Layout Type

選擇房間配置的種類

○ How Many People?

多少人？

□ Enter the required room size (in square feet)

輸入房間大小的需求（以平方公尺為單位）

□ Your Room Size：

你的房間大小

○ Find People

尋找人數

□ Max Attendees：

最大的出席人數

※網站會幫你計算出結果

○ What Size Room?

房間是什麼尺寸？

○ Enter the number of people attending the event

輸入參加活動的人數

- Attendees: _____
  出席者

- Find Room Size
  尋找房間大小

  □ Sq. Ft. Room: _____
    房間平方公尺

- Metric Converter
  公尺轉換

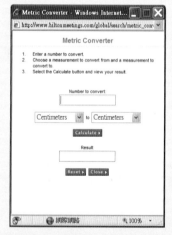

1. Enter a number to convert.
   輸入要轉換的數字

2. Choose a measurement to convert from
   and a measurement to convert to.
   選擇要從哪一種單位轉換至哪一種單位

3. Select the Calculate button and view your result.

挑選計算按鍵再觀看你的結果。

◎ Calculate 　計算

◎ Reset 　　　重新設定

◎ Close 　　　關閉

Step ⑤

Dates & Preferences
日期和偏好

- Select Your Reservation Details
  選擇你的訂房細節

- Stay Information
  住房資訊

- Check-in: 2/Sep 2007 ▾
  住房：2007 年九月二日

- Check-out: 14/Sep 2007 ▾
  結帳：2007 年九月十四日

- Rooms: ▾
  房間數

- Guests per Room: 1 Adult/No Children ▾
  房間的住房人數：一個大人/沒有兒童

- Room Type Preferences
  房間種類選項

- Your room type preferences will be
  submitted with your reservation and
  are subject to hotel availability.
  你的房間種類選項會受到你訂房及飯店是否
  有空房的限制。

- Smoking:
  吸煙：

☐ Non-Smoking
非吸煙(區)

☐ Smoking
吸煙(區)

● Beds:
床鋪

☐ King
加大尺寸

☐ Two Beds
兩張床

☐ No Preference
沒有偏好

Step ⑥

Rooms & Rates
房間和房價

- The rooms and rates that best match your preferences appear below.

  符合你的需求的房間和房價將顯示在下方。

- Select the room you'd like to reserve and click "Continue", or you may view all rates.

  選擇你想要預約的房間並點選「Continue」，或是你可以觀看所有房價。

- Sort by: ~

  依照~排序

  ☐ Rate Type

  價格種類

  ☐ Price

  價格

  ☐ View prices in : USD-American Dollars ▾

  用~幣值觀看：美金

  ※此處提供全球不同國家的幣值選擇

- Room rates shown are per room, per night.

  所顯示的房價是一間房、一個晚上的價格。

- Click the rate to view complete rate details for your pending stay.

點選價格，以觀看你住房期間的完整房價細節。

- To see a full description and photos for select rooms, click the room type.

要觀看所選擇的房間完整說明及照片，點選房間種類。

◎329.00USD	1 KING BED DELUXE ROOM NONSMOKING
◎349.00USD	1 KING BED EXECUTIVE FLOOR
◎349.00USD	2 DOUBLE BEDS EXECUTIVE FLOOR
◎329.00USD	1 QUEEN BED DELUXE ROOM NONSMOKING

- This rate may change or have other associated fees during your stay.

這個價格可能會變更，或是有你住房期間相關的其他費用。

- Please select the rate link for details.

(要知道)細節請選擇價格連結。

Step ⑦

Guest Information
住房訊息

- We value your privacy. See our comprehensive policy for more details.
  我們重視您的隱私。更多細節請看我們完整的政策。

- Your Pending Reservation Details
  您的住宿訂房細節

- Guest Information
  房客資訊

- First Name ☐
  名字

- Last Name ☐
  姓氏

- Company ☐
  公司

- Address ☐
  地址

- City ☐
  城市

- State or Province ☐
  州或省

- U.S. / Canada ☐
  美國/加拿大

- Outside U.S. / Canada ▼
  美國/加拿大以外地區
- Zip/Postal Code ▼
  郵遞區號
- Country ▼
  國家
- Arrival Information
  抵達資訊

  ☐ Hotel Standard Check-In Time：
     3:00PM
     飯店標準登記住宿時間：下午三點
  ☐ Requested check-in time：
     要求登記住宿時間

- Tell us about your Travel
  告訴我們您的旅程
- Tax & Service Charge
  稅金及服務費
- Additional Charges
  附加費用

如何上
英文網站購物

範例 4　紐約洋基球隊

http://newyork.yankees.mlb.com

Step 1	**Log on to the yankees.com schedule**
	登錄至 yankees.com 行程
Step 2	**Purchase Tickets**
	買門票
Step 2-1	**Away Game**
	客場賽事
Step 3	**Shipping**
	運送

Step 1

Log on to the yankees.com schedule
登錄至 yankees.com 的行程

* Click green T button to select game
  點選綠色的T按鈕以選擇賽程

* Select the number of tickets to purchase
  選擇購買的張數

* Select the seat section
  選擇座位區域

* Press the "Look for Tickets" button
  按下 Look for Tickets(尋找門票)按鈕

* Single Game Tickets
  單場門票

* How to order single game tickets
  如何買單場球賽門票

* Buy Yankees Tickets Now
  現在就買洋基球票

* 2007 Yankees Schedule
  2007年洋基賽程

  □ Feb
    二月（February）
  □ Mar
    三月（March）

- [ ] Apr
  四月（April）

- [ ] May
  五月

- [ ] Jun
  六月（June）

- [ ] Jul
  七月（July）

- [ ] Aug
  八月（August）

- [ ] Sep
  九月（September）

- [ ] Oct
  十月（October）

- Home Game
  主場

- Away Game
  客場

- Purchase Tickets
  買門票

- Promotion
  促銷

- Live Webcast
  現場網路轉播

◎ Book Travel
訂旅程

> ※若是至客場舉行的賽事，則在賽事日曆上有一
> 個飛機形狀的小標誌，表示提供訂票者連結至
> 航空公司網站的服務。以洋基為例，則是連結
> 至大陸航空（Continental Airlines）的網站，以
> 提供網友購買機票至客場看球賽，除此之外，
> 大陸航空甚至提供飯店、出租汽車的服務查
> 詢。

◎ Jump to team ⬚▼
跳至球隊

> ※點選不同的球隊以提供球隊的賽程表

◎ Search for Enter Keyword ▼
搜尋(範圍的) 輸入關鍵字 ▼

Step ②

Purchase Tickets
買門票

- Game Selection
  選擇球賽

- New York Yankees vs. Toronto Blue Jays
  紐約洋基隊對抗多倫多藍鳥隊

- Yankee Stadium, Bronx, NY
  紐約布隆克斯區的洋基球場

- Sat, Sep 22, 2007
  2007年9月22日星期六

- Look for tickets
  尋找門票

> ※填入訂購的票數及選擇座位後，就可以按Look for tickets(搜尋門票)。

- Verification Code
  驗證碼

> ※按下Look for tickets連結後，會先出現要求輸入驗證碼的畫面，填入所顯示的字母後，再按continue即可進行下一步驟

- Your credit card will not be charged.
  你的信用卡不會被授權收費。

> ※只是提醒你，按下上述的Look for tickets還不是完成購票行為。

◦ Your request is not available.
你的購買沒有結果。

◦ There were no tickets available that matched your request.
沒有門票符合你的需求。

◦ There are several things you can try:
你可以試試以下幾件事：

◦ Change the quantity of tickets you are requesting.
改變你購買的門票數量。

◦ If you selected a specific seat section, try switching to "Best Available".
如果你選擇的是特殊的座位區，試著改成 **Best Available**（選項）。

◦ If you are unable to find tickets, be sure to check back often. As the date of the event nears, often times a limited number of tickets may be released.
如果你找不到門票，請經常回來(網站)確認。因為接近賽事的日期時，通常會有一些數量的票被釋出。

◦ Return to Event Page
回到活動頁面

◦ Try the same search but look for tickets in consecutive rows
試著用相同的門票搜尋但是是連續的排數

- We were not able to find the requested number of seats in the same row.
  我們找不到你要求的同一排座位。

- We can try to find the requested number in consecutive rows.
  我們可以試著找尋連貫排數的座位。

- Buy Multiple Games
  買大量門票

- note: Tickets may not be available in all price levels and sections.
  注意：所有票價及場次的門票可能已售完

- Quantity
  數量

- Type
  種類

- Full price ticket
  全票門票

- Section: ☐ ▾
  區域

  ☐ Bleachers
  露天看臺(座位)

  ☐ Field Box Seating
  外野包廂

  ☐ 1st Base Side of Stadium
  一壘球場旁

- ☐ Behind Home Plate
  本壘後面

- ☐ Between Left Field To Fair Territory
  在左外野及界內之間

- ☐ Loge Box Seating
  包廂區

- ☐ Main Box Seating
  主要包廂區

- ☐ Main Reserved Seating
  主要保留區

- ☐ Free alcohol Section
  可以喝酒區

- ☐ Obstructed View Seating
  視線不良區

- ☐ Between Right Field To Fair Territory
  在右外野及界內之間

- ☐ Tier Box MVP Seating
  階梯式包廂MVP座位

- ☐ Tier Box Seating
  階梯式包廂座位

- ☐ 3rd Base side of Stadium
  三壘球場旁

□ Tier Reserved Seating
階梯式座位保留區

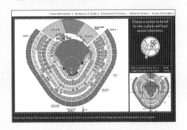

○ We're holding these tickets just for you.
Please complete this page within 2:00
minutes.

我們將會為您保留這些票。請在 2 分鐘之內
完成購物。

○ After 2:00 minutes, these tickets will be
released for others to buy.

2分鐘之後，這些票將會釋放給其他人購買。

※在你搜尋符合需求的門票後，洋基網站提供兩
分鐘的時間限制，你必須要完成一連串的確認
動作，否則在兩分鐘之後，你就需要再重新執
行尋找特定的門票，而這段期間，門票就可能
被其他買家買走。

○ Your Ticket(s)
你的門票

○ Section
區域

○ Row
  排數

○ Type
  種類

○ Ticket Price
  票價

○ Convenience Charge
  方便費用

○ Description
  說明

○ If you don't want these tickets, give them up and search again.
  如果你不想要這些票，就放棄，另外再搜尋一次。

Step **2** - **1**

Away Game
客場賽事

⊛ You have selected an away game. Tickets will be fulfilled by the home clubs ticketing agent.

你已經選擇了一個客場比賽。門票將由主場球隊的經銷商售出。

> ※若你是選擇日曆表中任何一個白底日期框內的T，表示洋基隊在這一場比賽中為客場球隊，是必須到對抗的球隊當地比賽，而非在洋基的球場，而你要購買這一場賽事的門票就由對方球隊的代售經紀商售出。

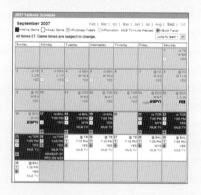

⊛ Do you wish to continue?

你希望繼續（購票）嗎？

◉ Close Window 　關閉視窗

◉ Continue 　　　繼續

※若你確定要選擇此洋基在客場的球賽，點擊
Continue後，將會連結到對方網站的座位圖表
的網頁，你就可以在對方的球場座位表點選座
位。

Step ③

Shipping
運送

- Select Delivery Method
  選擇運送方式

- Deliver My Tickets
  運送我的門票

- Please Note
  請注意

- US Customers
  美國顧客

- The quickest delivery method available.
  最快的運送方法。

- Print your own tickets at your convenience!
  任何你方便的時候列印自己的門票。

- US $1.5
  美金 1.5 元

- Tickets are delivered via e-mail as a PDF attachment.
  門票可以透過電子郵件以 PDF 附加檔運送。

- Simply save the file to your computer and print the tickets yourself.
  只要儲存檔案到你的電腦然後自己列印門票。

- UPS : 2-Business Day Morning
  UPS 快遞：2個工作天，早上送達

- US $19.50
  美金 19.5元

- By 12 noon in 2 business days-undeliverable to PO Box addresses
  2個工作天，在中午12點前送達-無法送至郵政信箱

- UPS : 2-Business Day Evening
  UPS 快遞：2個工作天，晚上送達

- US $18.50
  美金 18.5元

- By 7:30 pm in 2 business days-undeliverable to PO Box addresses
  2個工作天，在晚上7點前送達-無法送至郵政信箱

- UPS : 3-Business Day Evening
  UPS 快遞：3個工作天，晚上送達

- US $14.50
  美金 14.5元

- By 7:30 pm in 3 business days-undeliverable to PO Box addresses
  3個工作天，在晚上7點30分前送達─無法送至郵政信箱

- UPS : Saturday
  UPS快遞：星期六送達

- US $25.00
  美金**25**元

- By noon on Saturday. Order must be placed by Wednesday prior-undeliverable to PO Box addresses
  週六中午前送達。必須是在週三之前購票-無法送至郵政信箱

- Standard Mail
  標準郵寄

- No additional charge
  無須付額外的費用

- Your tickets will be mailed to your billing address and delivered no later than 48 hours before the event in a plain unmarked white envelope.
  在賽事開始前的**48**小時之前，你的門票會用沒有特殊記號的白色信封以平信寄到你的帳單地址。

- Customers in Canada
  加拿大顧客

- Customers in Canada via Canadian Standard Mail
  加拿大的顧客將透過加拿大的標準郵件寄送

- No additional charge
  無須付額外的費用

- Customers in Other Countries
  其他國家的顧客

- Customers in Other Countries : by Will Call
  其他國家的顧客：可以透過Will Call(運送)

- US $2.50
  美金2.5元

- For International Orders Only-Tickets held at Will Call can only be retrieved by the cardholder with original credit card of purchase and a valid photo ID with signature such as a government issued ID, driver's license or passport.
  只限國外訂單。由Will Call售出的票，必須是原始訂單付款信用卡的持卡人所申請，並且必須具備有效的、附有照片的證件，像是政府簽發的證件、駕照或護照，並附有簽名。

- All orders are subject to credit card approval and billing address verification.
  所有的購票都需要用信用卡支付及具有有效的帳單地址。

- Create Account
  申請帳號

◎ First Name
名字

◎ E-mail Address
電子郵件地址

◎ E-mail
郵件地址

◎ Retype E-mail Address
重新輸入一次電子郵件地址

◎ Type Password
輸入密碼

◎ 5-12 characters
5-12個字母

◎ Retype Password
重新輸入密碼

◎ Country of Residence Select Country ▾
居住國家：選擇國家

範例 5 倫敦歌劇院

http://www.londontheatreboxoffice.com

Step 1	Search
	搜尋
Step 2	Booking Form
	訂票表格

Step ❶

Search
搜尋

- Playing between [　　　] and [　　　]
  在～和～之間上演

  > ※搜尋某些特定日期之間的表演節目。

- Keyword Search
  關鍵字搜尋

- WHATS SHOWING [Select One ▼]
  現正上演～選擇一個

- Order Tracking
  訂票紀錄

- Book Tickets
  訂票

- Select Date: [　　　▼]
  選擇日期

- Choose the date by clicking on the icon above
  要選擇日期，請點選上面的圖示

- No. of tickets: [　　　▼]
  購票張數

- Seating preference: [　　　▼]
  座位選項

☐ Front £ 125
前排（票價）125英鎊

☐ Middle £ 115
中段（票價）115英鎊

☐ Rear £ 105
後面（票價）105英鎊

● Choose Session
選擇場次

☐ Matinee
白天（場次）

☐ Evening
晚間（場次）

● Delivery Method
（票券）運送方法

Step ❷

Booking Form
訂票表格

- Show Details
  表演細節

- Show Name : MAMMA MIA!
  表演名稱：MAMMA MIA!

- Show Schedule
  表演行程

- Day : Friday
  日數：星期五

- Time : Evening
  時間：晚間

- No of Tickets:1
  購票張數：1 張

- Price : £ (GRP)115
  票價：115 英鎊

- Delivery charges : £ (GRP)15
  運費：15 英鎊

> ※GRP 為英鎊簡寫

- Total : £ (GRP)130
  總計：130 英鎊

- Show Date:10/24/2007
  表演日期：2007 年 10 月 24 日

- Choose payment currency [　　　　▼]
  選擇付款幣值
- Billing Details
  帳單細節
- Name: [　　　　　]
  姓名
- Billing Address: [　　　　　]
  帳單地址
- Mailing Address: [　　　　　]
  郵寄地址
- only if it is different from Billing Address
  如果和帳單地址不同就必須填寫

> ※這是提醒買方,若是你的帳單地址和送貨地址
>   不同,則需要另外提供出貨地址。

- If you are travelling to UK and have less than 20 days left to the show please give us your hotel name and address or another delivery address in the UK to avoid delays.
  假如你是到英國來旅遊,並且停留時間少於廿天者,請提供給我們你的飯店名稱及地址或另一個在英國可以收到信件的地址,以免延遲(收到門票)。
- Phone Number: [　　　　　]
  電話號碼

◉ Email Address:
電子郵件地址

◉ Credit Card:
信用卡

☐ Visa Card
　威士卡

☐ Master Card
　萬事達卡

☐ Diners Card
　大來卡

◉ Credit Card No.:
信用卡號碼

◉ Card Expiry Date(mm/yyyy): 1/2008
信用卡有效期限（月/西元年）

> ※信用卡的有效年限一定是西元年，可以提供四碼或後兩碼，依照每個網站的設定要求而不同。

◉ Credit Card Verification Number:
信用卡驗證碼

◉ I agree with the Terms & Conditions applied for booking tickets on London-theatreboxoffice.com
我同意訂購Londontheatreboxoffice.com的購票條款。

◉ Submit
送出

網站購物流程

蒐集各購物網站的購物流
程，解析每一個購物步驟，
讓你輕鬆完成線上購物！

| Chapter 1 | Home |

首頁

　　"Home Page"就是首頁(網站的第一頁)的意思，在一般的購物網站的各個網頁中，尤以首頁"Home Page"最重要，因為此網頁是瀏覽網頁內容或開始進入購物的第一畫面。

　　一個首頁通常指向其他的網頁，提供何種的資源則視網站的設計及定位而定，除了提供網站會員登入之外，也提供各種商品的分類，以方便購物搜尋。

👆 **Home**	首頁
👆 **Home Page**	首頁頁面
👆 **Internet**	網路
👆 **Website**	網站
👆 **Web Page**	網頁
👆 **Website Address**	網址
👆 **URL**	網路位址
👆 **Web Stores**	網路商店
👆 **Window**	視窗
👆 **Shop Now**	開始購物
👆 **Catalogs**	商品分類
👆 **Search Center**	搜尋中心
👆 **Ask a question**	問問題
👆 **Answer questions**	回答問題
👆 **Sign Up**	報名(註冊)

【相關延伸用法】
► **Sign in**　　　　　登入
► **Member? Sign in** 會員嗎？登入
► **Member? Click here**
　　　　　　　會員嗎？點選這裡

🖑 **Help Links**	協助連結
🖑 **Need Help?**	需要幫助嗎？
🖑 **Visit our Help Department.**	拜訪我們的協助部門。
🖑 **Other Services**	其他服務
🖑 **Back to Top**	回到最上面

【相關延伸用法】
▶ Top of Page　　　　最上面

🖑 **Close Window**　　　關閉視窗

「英文網購達人」提醒您：

什麼時候會出現"Close Window"的提醒？就是點選或鍵入資料時，另外出現的「彈跳視窗」（pop-up window），通常在視窗的右上角會出現一個打叉的標誌，供您關閉此視窗。

👆 **Enter** 進入

「英文網購達人」提醒您：

這裡的"Enter"，通常是在填選資料欄時出現，表示鍵入資料之後，即可點選此"Enter"以進入執行的動作，通常會進入下一個相關的網頁畫面。

【相關延伸用法】
▶ **Type again** 再鍵入一次

👆 **Retype** 再鍵入一次

「英文網購達人」提醒您：

"Retype"通常是在「再次鍵入密碼」(Retype password)時的提醒用語，藉此可以確定你的密碼輸入無誤。

👆 **Confirm** 確認

【相關延伸用法】
▶ **Done** 完成

「英文網購達人」提醒您：

這裡的"Done"則多半是具有按鈕（button）功能，是指在您填寫完資料後，按此 Done 即可將資料送出的意思。

Send 　　　　　　送出

【相關延伸用法】
- **Submit** 　　　　提交、申請
- **Go** 　　　　　執行
- **Next** 　　　　下一步

「英文網購達人」提醒您：

上述的"Send"不是具體的「寄出信件」的意思，而是
將所鍵入的資料或畫面送出或執行的意思。

 Clear 　　　　　　清除

Clear form and start over
　　　　　　　　　　清除表格重新再填寫

Add Counter 　　　　加入計數器

Click 　　　　　　點選

Click Here 　　　　點選這裡

【相關延伸用法】
- **See here** 　　　　　看這裡

「英文網購達人」提醒您：

幾乎所有網站不管是"Click"或"Click here"，都表示會
有超連結(hyperlink)的功能，以連結至特定的頁面。

🖑 **Double Click**   雙擊點選

🖑 **GO !**   前往！

「英文網購達人」提醒您：

在一般口語英文中，"go"表示「去」、「行走」的意思，但在網路英文中，則是「到」某個網頁的意思，通常也具有執行連結功能。

🖑 **Go to page** _____   到特定頁數 _____ （頁）

「英文網購達人」提醒您：

通常此說明的後方附加有可以鍵入頁數的輸入空格及 Go 的執行連結功能。

🖑 **Browse**   瀏覽

🖑 **Preview**   預覽

🖑 **See All**   觀看全部

🖑 **Continue**   繼續

「英文網購達人」提醒您：

"Continue"在此頁面是表示繼續執行某一項工作或流程之意，例如「繼續填寫資料」或「繼續逛購物網站」，通常會連結至下個流程的網頁畫面。

🖑 **Continue Shopping**　　　繼續購物

【相關延伸用法】
▶ **Continue Browsing**　　繼續瀏覽
▶ **Keep Browsing**　　　　繼續瀏覽
▶ **Keep Shopping**　　　　繼續購物

🖑 **More**　　　　　　　　　更多

【相關延伸用法】
▶ **See more**　　　　　看更多
▶ **More Info**　　　　　更多訊息

🖑 **Help**　　　　　　　　　協助

🖑 **Download**　　　　　　　下載

🖑 **Done**　　　　　　　　　完成

「英文網購達人」提醒您：

頁面下載(download)完成後，在螢幕左下方的狀態列上的進度，中文為「完成」，英文就是用"Done"來表示。

🖑 **Set Up**　　　　　　　　安裝

🖑 **Setting**　　　　　　　　設定

🖑 **File**　　　　　　　　　檔案

✍ **Folder**	檔案夾
✍ **Program**	程式
✍ **Hard Drive**	硬碟
✍ **Server**	伺服器
✍ **Off-Line**	網站離線中
✍ **On-Line**	網站連線中
✍ **Toolbar**	工具列
✍ **Options**	選項
✍ **Previous**	前一個
✍ **Next**	下一個

「英文網購達人」提醒您：

上述的"Previous"及"Next"常指「前/後一個頁面」之意，可以讓網友連結至剛剛才瀏覽過的前後網頁，以避免要重新連結而找不到相關的網頁。

✍ **Print**	列印
✍ **Print Page**	列印頁面

【相關延伸用法】
▶ **Print This Page**　列印本頁

✍ **Scan**	掃瞄

E-mail to a friend　　用電子郵件寄給朋友

相關延伸用法
　▶**Refer a friend**　　和朋友分享
　▶**Related Links**　　相關連結

網站
小常識

pop-up windows

彈跳視窗除了可以另外增加網頁頁面，而不影響
原來頁面的存在，通常彈跳視窗是另外的說明或
圖片提供，但更多的是廣告頁面。

此外，如果使用者在彈跳視窗以外的任何地方按
一下滑鼠左鍵，那麼這個彈跳視窗也會自動關閉
消失。

〔附錄 1〕

網頁實用單字

網路	internet
上網	surf the internet
瀏覽(網頁)	browse
電子郵件	e-mail
線上服務	the online services
電子商務	the electronic commerce
收發電子郵件	send and receive e-mail
帳號	account
用戶名	username
遠端登錄	telnet
文檔伺服器	archive
新聞論壇	Usenet
電子公告牌	BBS (Bulletin Board System)
新聞群組	News Group
全球網	WWW (World Wide Web)
遠端登錄註冊	Remote Login
超文本傳輸協定	http (Hyper Text Transmission Protocol)

網際協定	**IP**
檔案傳輸協議	**FTP (File Transfer Protocol)**
廣域資訊伺服器	**WAIS (Wide Area Information Service)**
互聯網接力聊天	**IRC (Internet Relay Chat)**
聊天	**chat**
超文本	**hypertext**
超連結	**hyperlink**
超文本標示語言	**HTML**

如何上
英文網站購物

Chapter 2

Service

網站服務

　　「網站」提供的服務有哪些?除了可以有一般首頁的登入、提供相關購物服務的功能外,還可以有其他的基本功能,像是可以判斷網友的身份認證、網站提供的相關購物保證等,或是解決相關購物糾紛的訊息等,皆可在網站的服務網頁出現。

| 👆 Hello Guest. | 哈囉！訪客！ |

👆 New Guests	新訪客
👆 New User	使用者
👆 Guests?	(你是)訪客？

👆 Welcome to our site	歡迎光臨我們的網站
👆 New To Selling?	(你是)新的賣家？
👆 Services	服務
👆 Seller Service	賣方服務
👆 Buyer Service	買方服務
👆 Customer Service	客戶服務
👆 Help	協助

🖑 **Enter one or more keywords. (Example: shipping information)**

鍵入一個或多個關鍵字（例如：運送資訊）

🖑 **My Account**	我的帳戶
🖑 **Sign in**	登錄
🖑 **Register-Log In**	會員-登入
🖑 **Remember Me**	記住我
🖑 **Site Map**	網站導覽
🖑 **Shopping Directory**	購物指南

「英文網購達人」提醒您：

網路購物時，針對可能出現的諸多問題，例如商品說明、運費、退換貨、付費等，"Shopping Directory" 及 "Buying Guide" 皆可提供任何有關購物的疑難雜症的解決方法。

🖑 **Take A Quick Tour**   快速瀏覽

🖑 **Warranty Services**   服務保證

🖑 **Warranty Information**   資訊授權保證

「英文網購達人」提醒您：

"Warranty"通常是指購物網站有關於「線上付款」及
「網路購物」的保障資訊。

🖑 **Note**   注意

🖑 **Details**   詳情

【相關延伸用法】

▶ **More Details**   更多細節
▶ **See Details**   看細節
▶ **Learn More**   深入瞭解

🖑 **Announcements**   聲明

🖑 **To call us toll-free, 800-242-2728**

     要打免費服務電話給我方，請
     撥打**800-242-2728**

🖑 **Questions? Contact service@bluenile.com or
800-242-2728**

     有問題嗎？寫信到
     service@bluenile.com 與我們
     聯絡或是電洽 **800-242-2728**

「英文網購達人」提醒您：

在"Contact Us"的功能中，通常連結至郵件軟體，「收件人」已經設定為網站的顧客服務中心，可以直接將您所希望傳達的訊息寄送給網站管理者，您只要在寫完信件後，按"Send"送出即可。

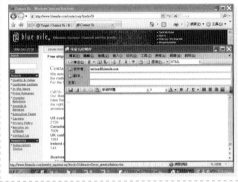

☞ **For Customer Service Live Chat, click here.**

客戶服務線上對談，點選這裡。

☞ **To email us, click here.**

要 email 給我們，點選這裡。

☞ **For a Personal Shopper, click here (6am-6pm PT).**

有關個人購物，點選這裡。
(太平洋標準時間早上六點到晚上六點)。

✋ **Contact Us**	和我方聯絡
✋ **Business hours**	上班時間
✋ **Monday through Friday**	星期一到星期五
✋ **8:00 AM to 2:00 AM ET**	美東時間早上八點到凌晨兩點
✋ **Saturday and Sunday**	星期六及星期日
✋ **9:00 AM to 10:00 PM ET**	美東時間早上九點到晚上十點
✋ **Contact us by phone Monday-Friday 7 a.m. to 6 p.m. CT**	用電話聯絡我們，星期一到星期五，中央標準時間早上七點到晚上六點
✋ **Just call the number next to the appropriate topic below.**	只要撥打以下**appropriate topic**(適當主題)旁邊的電話。
✋ **Seller Tips**	賣方的技巧
✋ **Sell Your Item**	賣你的東西
✋ **Apply Now**	現在就申請
✋ **Watch This Item**	監控這個物品
✋ **Show Me How**	教我怎麼做

"Show Me How"通常具有指引、提供購物流程說明的功能。

當您瀏覽網站時,這個功能能幫助您快速地完成購物,雖然每一個網站提供的功能都不盡相同,但是都具有服務網友的功能。

🖑 **Advertisement**　　　廣告

🖑 **Learn how you are protected**
　　　　　　　　瞭解你如何受到保護

通常是購物網站對於買方購買行為的保障(例如保障個人資料、信用卡資料不外洩)和宣示說明。

🖑 **About Yahoo90 Day-Satisfaction Guarantee Policy**
　　　　　　　　有關雅虎九十天滿意保證策略

🖑 **About us**　　　有關於我們(網站)

會在「網站服務」的頁面出現"About us/網站名稱"(例如"About e-Bay"),多半是指網站的定位、介紹或特色的種種說明。

🖑 **See Sample**　　　觀看範例

🖐 **Products & Services**　商品及服務

🖐 **Select Language**　　選擇語言

「英語網購達人」提醒您：

因為許多網站顧及網友來自全球各地，會提供除了英文以外的語言選擇，讓您使用無障礙，能更方便地瀏覽網頁，以輕鬆購物。

網站
小常識

Cookie（或稱Cookies），是指某些網站為了辨別
用戶身分而儲存在用戶本地終端上的資料（通常
經過加密）。

Cookie 是一個很小的文字檔，讓網站得以保留資
料。這些資料有可能是您上次瀏覽的日期及時
間、您的 E-Mail 信箱、或是您偏好的語言、內容
或畫面設定。

網路瀏覽器會自動將這個檔案放置在您電腦的資
料夾內。當您瀏覽某個網站而產生 Cookie 檔，您
的電腦在儲存此 Cookie 之後，該網站（並僅限此
網站）即可利用此 Cookie 辨識出您的身份。

| Chapter 3 | **Information** |

訊息

在購物網頁訊息中，您仍然可以看見回到首頁（Home）、登入（Sign in）、聯絡我方（Contact Us）等基本訊息，但除此之外，您更可以清楚地看見有關購物車、搜尋、訂單狀態等和網路購物有直接關聯的訊息，以方便您在購物過程中，隨時可以連結至與網路購物相關的頁面。

✋ Subscribe	訂閱
✋ Renew Subscription	更新訂閱
✋ Unsubscribe	取消訂閱

「英文網購達人」提醒您：

在此的「訂閱」是指將此網站的最新消息用訂閱的方式，以 RSS 的功能自動傳送給您，以在第一時間通知您特定網站更新的內容。

✋ **Having difficulties?**　　有問題嗎？

【相關延伸用法】

▶ Any Questions?　　有問題嗎？

✋ **We're here to help.**　　我們在此提供幫助。

✋ **For phone orders, please mention: 3T6GFR**

要電話訂購，請註明 **3T6GFR**

「英語網購達人」提醒您：

提供買方電話訂購的服務，後方所顯示的號碼應為此次網站的對應編號，方便線上人員及時查詢並能迅速地提供相關的產品訊息給買方。

✋ **E-mail us or call 800-242-2728.**

寄電子郵件給我們或打電話至 **800-242-2728**。

如何上
英文網站購物

☞ **Having trouble signing in? Click here**

　　　　　　無法登入？請點選這裡

☞ **About this page**　　　　　有關這個頁面

☞ **This page was last updated:Aug-13 05:28.**

　　　　　　　　　　這個頁面於八月十三日
　　　　　　　　　　五時廿八分更新。

☞ **View seller's other auctions**　瀏覽賣方其他拍賣

☞ **See all items from this seller** 瀏覽此賣家所有商品

☞ **Attention all sellers!**　　　所有賣方注意！

☞ **Send to a friend**　　　　　寄給朋友

☞ **Mail this auction to a friend** 將此拍賣寄給朋友

☞ **Mail this page to a friend**　將此網頁寄給朋友

☝ **Want to see your products in Yahoo!**

想要在 Yahoo！看見您的商品？

☝ **Build your own online store or advertise with us**

建立您自己專屬的線上商店，或是在我們的網站刊登廣告

☝ **Current Advertisers Sign In**

立即刊登廣告，請登入

☝ **User Reviews**

使用者瀏覽

☝ **Click Here to See Our Other Auctions**

點選這裡查看我們的其他拍賣

☝ **View Video Demonstration**

觀看錄影示範

☝ **Click on a link below to view video demonstration in either QuickTime or Windows MediaPlayer.**

點選以下連結以 **QuickTime** 或 **Windows Media Player** 模式觀看。

RSS 是簡易資訊聚合(Really Simple Syndication)的
簡稱，RSS 採用一個 XML 的檔案格式，只要你
把RSS內容的網址，加到你的RSS閱讀軟件(RSS
Reader)，每當該網頁內容更新時，更新了的摘要
便會自動加到你的閱讀軟體之內，通知你有關內
容。

透過 RSS 的使用，供應網頁內容的人可以很容易
地產生並傳播新聞鏈結、標題和摘要等資料。

您一定會在意自己網站的文章或是產品是否有被
閱讀和讀取，當您的網站資料庫結合 RSS 後，即
可在第一時間和您的客戶互動！

搜尋

　　每一個購物網站都提供「搜尋」（Search）的功能，網友除了可以依照商品的種類、價格的不同、賣家的不同作分類搜尋之外，還可以依照新品或打折商品的分類作搜尋。

　　「搜尋」流程的規劃，是購物網站是否設計得符合人性化非常重要的指標之一，可以幫助買方快速找到中意的商品。

🖑 Search	搜尋
🖑 Smart Search	聰明搜尋
🖑 Advanced Search	進階搜尋
🖑 Refine Search	精簡搜尋
🖑 Narrow down the search	縮小搜尋 (範圍)
🖑 Find it	尋找

「英文網購達人」提醒您：

在頁面顯示上，"Find it"的作用通常具有「連結」至某網頁或「執行尋找」的功能。

🖑 Go	開始搜尋

【相關延伸用法】

▶Start　　　　　開始

🖑 Search for items	搜尋商品

🖑 Search in Titles and Description

搜尋名稱及內容

【相關延伸用法】

▶description or item #

說明或商品編號

「英文網購達人」提醒您：

表示只要商品名稱(title)及商品說明(description)符合
你所鍵入的文字，即符合搜尋需求，例如若是想查詢
和 bed(床)有關的商品，則只要商品名稱或商品說明
包含 bed 這個字即符合。

⌃ **Shop for ~ in ~**	在～（類別）中購物～
⌃ **Search by:**	依照～搜尋
⌃ **Search in ~ for ~**	搜尋～（類別）中的～

「英文網購達人」提醒您：

常出現在 in 之後的原設定選項，通常為"All Depart-
ments"，表示所有商品類別均為搜尋範圍，例如你想
搜尋和「布」有關的商品，舉凡衣物、家飾、家用、
寢具等的商品類別，都可能和「布」有關，此時你就
不會只搜尋「衣物類」商品，而可以選擇"All Depart-
ments"(所有類別)為搜尋範圍，以免漏失搜尋物件。

⌃ **Search Guide**　　　搜尋指示

【相關類似及延伸用法】
▶ **Search Hint**　　　搜尋注意事項
▶ **How to search?**　　如何搜尋？
▶ **Search?**　　　　　要搜尋嗎？

⌃ **Search Keywords**　　　搜尋關鍵字

✍ Keywords	關鍵字
✍ Key in keyword	鍵入關鍵字
✍ Common Product Keywords	一般商品關鍵字
✍ Product Search by Item # or keyword	依照物件編號或關鍵字搜尋商品
✍ Find your style	尋找你的風格
✍ 5 items found for Yahoo	5 件商品在 Yahoo 找到
✍ See All 33 Styles	看所有 33 種風格
✍ Select	選擇
✍ Select Make	選擇品牌

「英文網購達人」提醒您：

類似"Select"的說明通常伴有提供下拉式捲軸功能的選項，而非直接連接。

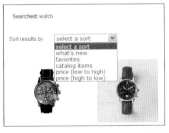

👆 **Select Model**		選擇型號
👆 **Browse Categories**		瀏覽商品種類
👆 **Themes**		主題
👆 **Item Specifics**		指定商品
👆 **New Today**		今天新品
👆 **New Items**		新商品！
👆 **Hot**		熱門
👆 **Inside yahoo! Search**		在 yahoo!(網站)內搜尋
👆 **Popular Searches**		受歡迎搜尋
👆 **Popular Products**		受歡迎商品
👆 **Popular products & deals**		受歡迎的商品及交易
👆 **Most Popular**		最受歡迎的
👆 **See all bestsellers in Beauty**		看美容商品最熱賣商家
👆 **Featured**		有特色的
👆 **What are you looking for?**		你想要找什麼？
👆 **Looking for ~**		想要找～

「英文網購達人」提醒您：

通常在搜尋商品的頁面中，很容易發現上述這種問句式的搜尋指導說明。

🖑 **More Ways to Find Items** 　　更多找到商品的方法

🖑 **Search title and description** 搜尋名稱和說明

🖑 **Search Departments** 　　　　搜尋館別

「英文網購達人」提醒您：

"Department"雖然是部門的意思，但應用在百貨商品時，是表示商品的分類的意思。

🖑 **Search Sale Items** 　　　　搜尋特價商品

🖑 **Shopper Keyword Help** 　　買方關鍵字協助

🖑 **Top Stores** 　　　　　　　熱門商店

🖑 **Sign in to see your customized search options**
　　　　　　　　　　　　　　登入查看您的專屬搜尋選項

🖑 **Related Links** 　　　　　　相關連結

🖑 **Matching Categories** 　　　符合的種類

🖑 **Searched: watch** 　　　　　被搜尋商品：手錶

🖑 **Results 1 - 15 out of 1,320,904 in Clothing for shirt**
　　　　　　　　　　　　　　衣物類別中的襯衫搜尋有 **1,320,904** 筆，目前(呈現) **1-15** 筆

🖑 **Showing items 1～12 of 33**
　　　　　　　　　　　　　　顯示物件：**33** 筆中的第 **1** 至 **12** 筆

🖑 **Previous 1|2|3| Next**   前一頁 1|2|3|後一頁

「英文網購達人」提醒您：

上述的「前一頁」、「後一頁」及數字 123，本身都
具有連結的功能，可以方便網友回到相關的網頁，而
不會迷失在網頁中。其中 123 就代表搜尋結果的頁
數。

🖑 **Search Completed Items** 搜尋物件完成

🖑 **Completed Listings** 完成清單

🖑 **54 Items Found Show only: Items from seller Carrie**
       搜尋到 54 個商品，只顯示
       賣家 Carrie 的商品

🖑 **Items from seller** 某賣家的商品

「英文網購達人」提醒您：

如果你對此賣家的商品有信心，也許您會希望能完整
地瀏覽此賣家的所有拍賣商品，此時您不妨可以藉
由"Items from seller"完成您的需求，上述的格子便是
讓您填入賣家的資料。有些網站甚至已經在網站上出
現此連結，待您瀏覽此賣家時，便會提供賣方連結。

🖑 **See all items from this seller.**
       瀏覽此賣家的所有商品

🖑 **Text-only Format** 文字模式

👆 **Select a sort**	選擇一個分類方式
👆 **Sort results by What's new**	用新鮮事分類
👆 **Sort results by Favorites**	用喜愛的分類
👆 **Sort results by Catalog items**	用物件種類分類
👆 **Priced~ to~**	價格(從)~到~
👆 **Sort by~**	依~排序
👆 **Sort by Top Results**	依照熱門結果排序
👆 **Sort by Price(Low to High)**	價格排序(低價到高價)
👆 **Sort by Price(High to Low)**	價格排序(高價到低價)
👆 **Sort by Price Ascending**	依照價格上升排序
👆 **Sort by Price Descending**	依照價格下降排序
👆 **Compare Side-by-Side**	一個接一個的比較

「英語網購達人」提醒您：

在 Yahoo 購物網站中，當出現搜尋結果後，更提供
Compare Side-by-Side 功能，讓你可以依照勾選中意
的商品縮小比較範圍。

👆 **Show grid view**　　　　　格狀圖顯示

🖑 **Show list view**	清單顯示
🖑 **List View**	列表顯示
🖑 **Picture Gallery**	照片模式

🖑 **My Lists**	我的清單
🖑 **Remove**	移除
🖑 **Save this product**	保留這項商品
🖑 **Add more products**	增加更多商品
🖑 **Don't see what you are looking for?**	
	沒有看到您想要尋找的商品？
🖑 **Try ~**	試一試～

🖑 **Learn more about searching**	
	深入瞭解搜尋

🖐 **Help: General search tips**

協助：一般搜尋技巧

🖐 **Help: Advanced search commands**

協助：進階搜尋建議

🖐 **Help: View an online tutorial on finding items**

協助：瀏覽線上指導以
幫助尋找商品

「英文網購達人」提醒您：

這是 eBay 獨有的線上搜尋指導模式，透過簡單的步
驟說明，幫助買方搜尋到想要購買的商品。

🖐 **Try these alternatives**　試試這些替代方案

🖐 **Search all of ~ instead of only items from this seller.**

取代只搜尋此賣方的商
品，改而搜尋所有～
(網站)商品。

🖐 **Save this search to my Favorites and get an email when new matching listings appear ~ .**

儲存此搜尋到我的最愛，
當～(網站)上有新的(搜尋)
符合時，用 e-mail 通知
我。

〔附錄 2〕

商品分類實用單字

特價品	**Bargains**
拍賣	**Auctions**
特價及特賣	**Bargains & Sales**
衣物	**Clothing**
配件	**Accessories**
女性	**Women**
男性	**Men**
老者	**Elder**
青少年	**Teen**
兒童	**Children**
幼童	**Baby**
嬰兒	**Infant**
鞋子	**Shoes**
手提袋	**Handbags**
珠寶	**Jewelry**
手錶	**Watches**
美容	**Beauty**
居家	**Home**
花	**Flowers**

禮物	Gifts
園藝	Garden
健康	Health
個人護理	Personal Care
美容	Beauty
娛樂	Entertainment
古董	Antiques
藝術	Art
汽車	Automotive
玩具	Toys
音樂	Music
電器	Electronics
電腦	Computers
DVD 及視聽	DVD & Video
書籍及雜誌	Books & Magazines
電影及 DVD	Movies & DVD
文具	Stationery
工具及五金	Tools & Hardware
通訊設備	Telephones & Communications
房地產	Real Estate
貸款	Mortgage

特殊服務	**Specialty Services**
商業及貿易	**Business & Commerce**
運動用品	**Sporting Goods**
郵票	**Stamps**
票務	**Tickets**
旅行	**Travel**
運動	**Sports**
戶外活動	**Outdoors**
玩具	**Toys**
嗜好	**Hobbies**
寢具	**Bedding**
寵物	**Pets**

Chapter 5   Profile

基本資料

網站在什麼情況下需要您提供基本資料？通常有以下三種狀況：

1. 註冊成為會員
2. 會員登入
3. 結帳時

在以上三種情況下，您需要提供基本資料以方便繼續瀏覽網頁，但是每個網站所需要的基本資料可能不盡相同。

🖐 **About Me Page**	有關我的頁面
🖐 **About Me**	有關我(的資料)
🖐 **Account**	帳號
🖐 **My Account**	我的帳號
🖐 **Member**	會員
🖐 **Register**	註冊者
🖐 **New Customers**	新顧客
🖐 **Returning Customers**	舊顧客
🖐 **Sign up**	報名（註冊）
🖐 **Don't have a Yahoo! account? Sign Up**	沒有 **Yahoo!**的帳號嗎？報名註冊
🖐 **Create Your Yahoo! ID**	申請你自己的 **Yahoo!**帳號
🖐 **Customer Registration**	客戶註冊
🖐 **Username**	使用者名稱
🖐 **User ID**	使用者識別碼
🖐 **Password**	密碼
🖐 **Preference**	設定選項
🖐 **Your name**	你的名字
🖐 **First Name**	名字

👆 **Last Name**	姓氏
👆 **Gender**	性別
👆 **Yahoo! ID**	在 Yahoo!的帳號

「英語網購達人」提醒您：

在各購物網站中，皆需要申請屬於自己的帳號名稱才能完成購物。

👆 **E-mail Address**	電子郵件地址
👆 **ID**	身份證字號
👆 **Date of birth**	出生日期
👆 **Occupation**	職業
👆 **Address**	地址
👆 **Office Phone Number**	辦公室電話
👆 **Home Phone Number**	家裡電話
👆 **Cell Phone**	行動電話
👆 **Day phone**	日間電話
👆 **Terms of use and your privacy**	使用條款及你的隱私權
👆 **All fields are required**	所有空格都要填寫

【相關延伸用法】

▶Fields marked with an asterisk ★ are required.

所有欄位中有星號★標誌的，都需要填寫。

🖐 **Check Availability of User ID**

檢查使用者帳號可否使用

「英文網購達人」提醒您：

網站提供的查詢服務，在申請會員帳號時，讓您可以先確認沒有與其他人使用相同的帳號。

某些網站甚至會根據你所提出的帳號(但已被註冊)提供類似但未被註冊的建議組合供您使用。

🖐 **Submit**

送出（資料）

【相關延伸用法】

▶Go　　　　　執行
▶Continue　　　繼續

〔附錄 3〕

電子郵件實用單字

電子郵件	**e-mail**
郵件地址	**e-mail address**
通訊錄	**address book**
寄件日期	**date sent**
日期	**date**
從～	**from**
給～	**to**
主旨	**subject**
副本	**cc**
密件副本	**bcc**
寄發(信件)	**send**
回信	**reply**
轉寄(信件)	**forward**
收信	**receive**
收件匣	**inbox**
寄件匣	**outbox**
草稿	**draft**
垃圾桶	**trash**
垃圾郵件	**spam**

已讀郵件	read
未讀郵件	unread
加入附件	attach
附件檔案	attached file
附件	attachment
刪除	delete
移除	remove
(將信件)移至垃圾桶	move to trash
永久刪除	delete forever

一般而言，若您要完成線上購物，通常要註冊（Register）成為會員（Member），此時您就需要提供個人的基本資料，以完成線上購物。

註冊時，通常要留下基本資料，包括姓名、電子郵件信箱、所在地區、電話……等，但通常不包含信用卡資料。

若對註冊有疑慮，可以至網站隱私條款（privacy）查閱說明。

Join 加入

【相關延伸用法】
► **Join Now** 現在就加入
► **Sign Up** 註冊

Register 登記註冊

【相關延伸用法】
► **Registration** 註冊

Unregistered 未註冊的

New to ~? 第一次來~(網站)嗎？

Register below 在下面註冊

Register as a user 登記成為使用者

Terms of Service 服務條款

Please review the following terms and indicate your agreement below.

請瀏覽以下條款，並表明你同意以下說明。

I agree 我同意

I agree to the following

我同意下列事項

I don't agree 我不同意

「英語網購達人」提醒您：

當你閱讀完網站申請成為會員的條款說明後，可以
按" I agree"（我同意）或" I don't agree"（我不同
意）以進行下一步驟。

☞ **Step** 　　　　　　　步驟

【相關類似及延伸用法】
▶ **Step by Step**　　一步一步來
▶ **Next**　　　　　　下一步
▶ **Continue**　　　　繼續

☞ **Register: Enter Information**
　　　　　　　　　　註冊者：鍵入資料

☞ **My eBay**　　　　　我的 eBay (帳號)

☞ **My Account**　　　　我的帳號

☞ **Learn about My eBay**　瞭解我的 eBay (帳號)

☞ **Register to Buy**　　　註冊購物

☞ **If you don't have an account with~, please create one**
　　　　　　　　　　如果您沒有~(網站)的帳
　　　　　　　　　　號，請您設立一個

☞ **You don't need a credit card to create an account**
　　　　　　　　　　您不需要信用卡就可以設
　　　　　　　　　　立一個帳號

👆 **Payment information isn't required until you make a purchase**

付款資料不必提供，除非您有(線上)購物

👆 **Your shopping experience is safe with us**

您在我方(網站)的購物是安全的

👆 **Your information is secure and private**

您的個人資料已受到保護且享有隱私

👆 **Modify**

修改

👆 **Confirm**

確認

👆 **Confirm Registration**

確認註冊

👆 **Choose that you will accept**

選擇你能接受的方式

👆 **Select: Click below to make your selection**

選擇：請點選以下的選項

👆 **Registration is fast and free**

註冊既快速又方便

👆 **Once you register, you can: Start bidding an buying right away**

只要你註冊，你就享有：馬上競標並購買商品

👆 **Keep track of items you're buying and selling**

要買賣的商品保留成追蹤清單

Chapter 7　Account

資料設定

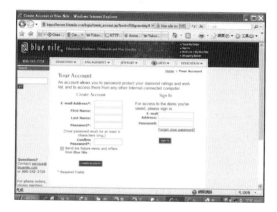

　　註冊成為會員時，需要的資料通常包含姓名、聯絡方式、地址及登入的帳號、密碼等，此時您只是成為會員，尚未開始購物，通常不必提供付款所需的相關資料。

　　在鍵入資料時，以帳號及密碼最重要，為了避免帳號被盜用，除了不要用流水編號當密碼之外，也建議定期更新密碼。

🖐 **Your Personal Information**	你的個人資料
🖐 **Account**	帳號
🖐 **User ID**	使用者識別碼
🖐 **Password**	密碼
🖐 **Password Hint**	密碼暗示

「英文網購達人」提醒您：

網站為了嚴格審查使用者的身份，在要求使用者提供密碼時，常常會有「密碼暗示」"Password Hint "的功能，就是藉由數個較私密的個人問題的設定暗示，提供將來忘記密碼或多次無法登入的使用者回答，並以此問題的答案是否正確，來判斷是否為當初註冊的使用者，例如：

▶ What is your mother's maiden name?
　你母親婚前的姓氏？
▶ In which city were you born?
　你在哪一個城市出生？
▶ What is your favorite pet's name?
　你最喜歡的寵物名字？
▶ What is your favorite color?
　你最喜歡的顏色？

🖐 **First Name**	名字
🖐 **Last Name**	姓氏
🖐 **Nick Name**	暱稱

「英文網購達人」提醒您：

為什麼會有 "Nick Name"（暱稱）的選項呢？那是因為註冊姓名通常是供網站管理員資料管理之用。若你不想在公開網路上公布自己的姓名，那麼建立一個暱稱的名字，就可以讓您用此名稱公布在網路上，藉此保護自己的隱私。

✍ **E-mail**	電子郵件
✍ **ID**	身份證字號
✍ **Address**	地址
✍ **Primary telephone**	主要電話
✍ **ext**	分機
✍ **Phone Number**	電話
✍ **Change E-mail Address**	更改電子郵件地址

【相關類似及延伸用法】
► **Change of E-mail Address**
　電子郵件地址的更改

✍ **Create a password**	建立一個密碼
✍ **Re-enter password**	再鍵入一次密碼
✍ **Change Password**	更改密碼
✍ **Password Guidelines**	密碼指示

☞ **Password guidelines for your information and security:**

有關您的資訊及安全的密碼指示：

☞ **Passwords are case sensitive (i.e., "FIDO" is a different pass word than "fido")**

大小寫的密碼是不同的（例如"FIDO"和"fido"是不同的密碼）

☞ **Don't share your password and user ID**

不要告訴他人你的密碼和帳號

☞ **Don't write your password down or leave it near your computer**

不要將密碼寫下或放在你的電腦附近

☞ **Don't use common words or spellings that might be found in the dictionary**

不要使用一般單字或是字典查得到的拼字

☞ **Change your password every 45-60 days**

每隔 45～60 天就更改你的密碼

☞ **Password security is the responsibility of the user**

密碼的安全措施是使用者的責任

☞ **Are you age 18 or older?**

你有 18 歲或超過 18 歲嗎？

🖐 **Change Registration Information**

　　　　　　　　　　　更改註冊資訊

🖐 **Change User ID**　　　　更改使用者帳號

🖐 **Forgot Your Password**　忘記你的密碼

【相關類似及延伸用法】

▶ Forgot Your User ID
　忘記你的使用者帳號

🖐 **Personal Information**　　個人資訊

🖐 **Preferences**　　　　　　選項

👆 I would like to receive commercial e-mails from yankees.com and MLB.com.

我想要收到來自 **yankees.com** 以及 **MLB.com** 的商業廣告。

👆 Receive special offers from ~ : Enter your e-mail

收到來自~（網站）的特價訊息：鍵入你的 **e-mail** 帳號

「英文網購達人」提醒您：

註冊成為網站會員的流程中，通常在設定個人資料之後，網站有一組資料需要您填寫："Preferences"，這是表示您對哪些的訊息有興趣，網站可以根據您勾選的資料，不定期地發送相關的商業廣告(Commerce advertisement)給您，是一種相當便捷的網路購物服務，讓您及時得知有興趣的商品訊息。

👆 Subscriptions 敘述

👆 Your Secret Question 你的秘密問題

👆 See Examples 請看範例

【相關類似及延伸用法】

► See Sample 參考範例

👆 See Tips 請看小技巧

👆 Learn More 深入瞭解

👆 **Telephone is required in case there are questions about your account.**

電話是必填的，以防萬一
有關於你的帳號要詢問。

👆 **Valid email address is required to complete registration.**

要有有效的電子郵件帳號
以完成註冊。

👆 **Example: myname@yahoo.com**

範例：**myname@yahoo.com**

「英語網購達人」提醒您：

網站會貼心地提供您有效的電子郵件的格式（myname@yahoo.com），以免填錯電子信箱的資料而無法完成申請帳號流程。

👆 **Required**　　　　必須填寫

👆 **Optional**　　　　自由填寫

「英文網購達人」提醒您：

當填寫資料時，為何會有"Required"及"Optional"的分別呢？"Required"是表示「必須提供」的資料，否則您將無法完成註冊手續，而"Optional"則為「自由填寫」（可填寫也可不填寫，像是薪資、宗教信仰等不相關的問題）。"Optional"是「選項」的意思。

👆 **Yes! I'd like to get news about your other publications via e-mail.**

是的，我願意用電子郵件接
收你們網站發行相關的其他
消息。

✋ Yes, please send me e-mails about special offers, ex-
clusives and promotions from ~.

是的，請用電子郵件通知我
來自於～（網站）有關特惠
商品、獨家商品及促銷。

「英語網購達人」提醒您：

通常上述問句前有提供網友勾選的空格，若你不願意
收到來自網站的各種訊息，則不需要打勾。

✋ Select a main category　請選擇一個主要項目

「英文網購達人」提醒您：

在有列表的捲軸功能時，會出現此提醒用語，以省去
填寫的麻煩，只要用滑鼠點選符合的項目即可。

☞ **Please do not include commas or currency symbols, like \$ or !.**

> 請勿包含逗點或貨幣符號，像是\$或！。

☞ **Don't use special characters such as * or Ω.**

> 不要使用特殊文字，像是*或Ω。

☞ **4-8 Characters**

> 4～8個英文字元

☞ **Password must be 5-10 characters.**

> 密碼一定要在5-10個字母之內。

☞ **45 characters max, no HTML interfere with tags, asterisks, or quotes,.**

> 最多45個英文字母，不能有HTML標籤、星號或引號。

Selling With Photos　　　銷售附有圖片的物品

You will confirm in the next step

您會在下一個步驟確認

IT'S EASY…just click the pictures

很簡單！只要點選照片

You can also use your e-mail address.

您也可以使用您的電子
郵件地址。

At the bottom of the page　　在頁面的最下方

Payment Method　　　　付款方式

Enter a credit card numbers

鍵入一組信用卡號碼

Fax or phone your credit card number

傳真或電話告知您的信
用卡號碼

Use check or Money Order　使用支票或匯票

Credit Card Number　　　信用卡號碼

Expiration Date (MM/YY)　到期日 (月/年)

「英文網購達人」提醒您：

網站提供年份資料時，通常表示「西元年」。若有
YY 的註明，則為西元年的末兩碼，例如 2007 年，
則鍵入（或選擇）"07"，若為 YYYY，則鍵入（或
選擇）"2007"。

☞ **Update Credit Card on File**	更新資料中的信用卡
☞ **Billing Address**	帳單地址
☞ **Address**	地址
☞ **Street Address**	街道地址
☞ **State/Province**	州別/省別
☞ **City**	城市
☞ **Zip/Postal Code**	郵遞區號
☞ **Country or Region**	國家或地區
☞ **Location**	區域
☞ **Region**	地區

網站小常識

在網站申請使用帳號時，通同常會詢問網友是否同意某些特定的條款，像是以下就是常見的問題：

▶ I agree with the Terms & Conditions applied for booking tickets on Londontheatreboxoffice.com
我同意在 Londontheatreboxoffice.com 訂票的條款。

▶ I accept the User Agreement and Privacy Policy.
我接受使用者同意以及隱私政策。

▶ I may receive communications from ~ and I under stand that I can change my notification preferences at any time in ~.
我可能會收到來自～（網站）的商業訊息，而我也理解我能夠在任何時候於～（網站）更改我的通知選項。

▶ I am at least 18 years old.
我已滿 18 歲。

Chapter 8 Login

登入

若是您已經完成註冊的動作，那麼在您確定要購物並結帳時，網站就會要求您登入帳號，以完成基本的身份確定，以免身份被盜用。當然您也可以選擇在一開始瀏覽網站時，就完成登入（Sign in），以免要結帳時才登入，徒增線上購物的繁瑣流程。

提醒您，若是使用公共電腦，最好在放棄結帳時，要執行登出（Sign out），以免資料外流。

👆 **Sign In** 登入

【相關類似及延伸用法】
▶ **Sign Up** 登入(註冊)

👆 **Hello! Sign in or Register** 哈囉！登入或註冊

👆 **Hello! Sign in/out** 哈囉！登入/登出

👆 **Bidder or seller of this item? Sign in for your status**
下標者或是此物件的賣方？登入你的身份

「英文網購達人」提醒您：

關於會員的身份，有些購物網站除了基本的「會員」的分類之外，還會有更詳細的分類，讓您登入時就選擇自己的身份，像是詢問登入者為買方或賣方便是一例。

👆 **Login** 登入

👆 **Login In** 登錄進入

👆 **Login Out** 登錄離開

【相關類似及延伸用法】
▶ **Log Me In** 讓我登入
▶ **Log Me Out** 讓我登出

👆 **Login Password** 登錄密碼

🖐 Password	密碼

🖐 **Sign in or create an account**

登入或設立帳號

🖐 **Already registered? Sign in now.**

已經註冊了嗎？現在就
登入。

🖐 **If you have an account with ~, please sign in**

如果您有～(網站)的帳
號，請登入

🖐 **I want to sign in with my ~**	我想要用我的～登入

「英文網購達人」提醒您：

登入網站的方式有許多種，像是帳號、身份證、電子
郵件地址等，您可以自由選擇，但此種選項，網站通
常有提供既定的答案，可用捲軸下拉選取。

| 🖐 **Hello David! (Not you?)** | 哈囉，大衛！（不是你
嗎？） |
|---|---|

「英文網購達人」提醒您：

上述的 Not you? 通常具有連結的功能，因為當你用帳
號及密碼登入網站後，網站會自動判斷您的名字，並
向您打招呼，但為避免系統出現錯誤，會同時出現此
訊息，表示你順利登入此網站，卻發現網站出現的不
是你的帳號或姓名時，可以連結到網站管理員的頁
面，以排除問題。

👆 **If you're not David, click here**

如果你不是大衛，點選
這裡

👆 **I am a new customer** 我是新客戶

👆 **I am a returning customer** 我是舊客戶

👆 **Forgot your account/password?**

忘記你的帳號/密碼
嗎？

「英文網購達人」提醒您：

當網站提供帳號及密碼作為登入方式時，都會提醒您
是否會忘記帳號或密碼以致無法登入。通常出現"For-
got your password?"訊息時，句子本身都包含有連結
功能，以連結至解決問題的網頁。

👆 **Welcome back! To access your account, please enter
your email and password and click Sign In.**

歡迎回來！要執行你的
帳號，請輸入你的電子
郵件信箱和密碼，並點
擊 **Sign In**。

👆 **We have recommendations for you**

我們有給您的推薦（商
品）

👆 **Today's Recommendations For You**

今天給您的推薦（商
品）

☞ **You might also consider~** 你可能也會考慮~(商品)

☞ **Has your e-mail address changed since your last order?**

自從您上次購物後，電子郵
件信箱有更改嗎？

☞ **Always sign in automatically**

永遠自動登入

☞ **Remember my user ID and password**

記住我的帳號及密碼

┌─────────────────────────────┐
│ 【相關延伸用法】   │
│ ▶Remember me   記住我（的資料）│
└─────────────────────────────┘

☞ **Clear Form and Start Over**

清除表格，再填一次

☞ **Click the Continue button to proceed**

點選繼續按鈕以繼續

「英文網購達人」提醒您：

通常上述句子中，表示"Continue"的字樣本身是一個
按鍵功能，可以連結至相關頁面。

☞ **We're sorry the login information you entered does not match our records**

抱歉，您鍵入的登錄資料
與我方資料不相符

☞ Please try again or click on the "forgot your pass-word" link

請重新再試一次，或按
「忘記你的密碼」連結

☞ If you want to sign in, you'll need to register first.

如果你想要登入，你必須
先註冊。

☞ Keep me signed in on this computer for one day, un-less I sign out.

除非我登出，否則讓我在
這部電腦上保持一整天的
登入狀態。

☞ Please log in or register now.

請登入或現在就註冊

☞ Sign in to Yahoo　　登入進入 Yahoo

☞ Are you sure you want to logout?

你確定要登出？

Chapter 9　Seller

賣方

若您是賣方，一定很關心自己的商品銷售情形，您不但需要每天確認訂單，更有許多的問題需要回覆給對銷售商品有興趣的買方，此時，一個優良的購物網站，是會提供許多相關的功能，以方便賣方管理自己的商品，更能清楚地瞭解銷售狀態。

👆 **Sell**   賣

👆 **Seller**   賣方

【相關類似以及延伸用法】
▶ **Merchant**   賣方

👆 **Merchant Rating**   賣方排名

👆 **Best Sellers**   最佳賣方

👆 **About Seller**   有關賣方

「英文網購達人」提醒您：

可以在此查到賣方的相關資料，像是賣方的其他拍賣商品、其他買方對賣方的評價等。

👆 **Add to Your Item Description**
         增加到你的商品說明

👆 **Check the seller's reputation**
         確認賣方的信譽

👆 **My Selling Account**   我的銷售帳號

👆 **Cancel Bids on Your Listing**
         取消你的明細上的競標

👆 **Change Your Item's Gallery Image**
         改變你的商城影像

👆 **Picture Manager**   照片管理者

☞ **Promotional Tools** 　　　　促銷工具

☞ **Sales Reports** 　　　　　　銷售報告

☞ **Selling Manager** 　　　　　銷售管理員

☞ **See All Selling Tools** 　　察看所有銷售工具

☞ **End Your Listing** 　　　　結束你的清單

☞ **Manage Your Store** 　　　管理你的商店

☞ **Promote Your Item** 　　　促銷你的商品

☞ **Sell Your Stuff** 　　　　　銷售你的東西

☞ **Promote your listings with link buttons**
　　　　　　　　　用連結按鈕促銷你的明細
　　　　　　　　　(商品)

☞ **Revise Your Item** 　　　　修改你的商品

☞ **View the Status of You** 察看你的狀態

☞ **Where is my item?** 　　　我的商品在哪裡？

☞ **See all Selling Activities** 　瀏覽所有銷售活動

☞ **View comments in seller's feedback profile**
　　　　　　　　　瀏覽賣方的評價資料

☞ **View Seller's Other Items**
　　　　　　　　　瀏覽賣方的其他商品

　　　　　【相關類似及延伸用法】
　　　　　▶View Seller's Other Auctions
　　　　　瀏覽賣方其他拍賣

👆 **Ask Seller Questions** 　　　詢問賣方問題

👆 **Add to Favorite Sellers** 　　加入成為最喜歡的賣方

「英文網購達人」提醒您：

將賣方加入成為「最喜愛的賣方」可使買方較容易搜
尋到此賣方所販賣的商品頁面，而不必重新搜尋頁
面。

👆 **Check the Seller's Reputation**
　　　　　　　　　確認賣方的信譽

👆 **Member since Jul-15-00 in United States**
　　　　　　　　　在 2000 年七月十五日於美
　　　　　　　　　國成為會員

「英文網購達人」提醒您：

能夠知道賣方成為此網站的會員時間長短，是對賣方
的一種肯定，也可以讓買方知道更多賣方的訊息。但
是不一定每一個拍賣網站都有此訊息的提供。

👆 **Seller assumes all responsibility for listing this item.**
　　　　　　　　　賣方保證此項商品的所有
　　　　　　　　　保證。

「英文網購達人」提醒您：

通常是賣方保證所刊登的商品照片或文字是有使用版
權的。

如何上
西方網站購物

👆 **You should contact the seller to resolve any questions before bidding.**

在下標前若有任何問題，您應該要與賣方聯絡。

👆 **Seller Education** 　　賣方教育

👆 **See all Selling Resources** 察看所有銷售資源

👆 **Trading Assistant Program**

銷售輔助系統

👆 **Change Your Billing Currency**

更改你的帳單幣值

👆 **About ~** 　　有關於～（網站）

「英文網購達人」提醒您：

在"About ~"的頁面中，是企業類別的購物網站的創業宗旨、經營理念，透過企業精神的傳達，讓買方對購物網站有更深的認同。

如何上
英文網站購物

Chapter 10 | Buyer

買方

　　當你在網路的眾多資源中搜尋相關商品，此時，您也可選擇用訪客（Guest）的身份瀏覽網頁，或直接註冊成為網站的會員，可依您的喜好自由選擇。

　　若是您看中意某一個商品，打算參與競標或下單購買，您就一定要成為網站的會員，您的下單便是一種買賣的契約關係，也因此對買方及賣方都有保障。

☞ **Buy**	買
☞ **Buyer**	買方
☞ **Buyer Information**	買方訊息
☞ **Search**	搜尋
☞ **Order**	訂單
☞ **Change my account**	更改我的帳號
☞ **Place bid**	競標
☞ **Zoom In**	觀看大圖
☞ **Add to Cart**	加入購物車
☞ **Add to my wish list**	加入我的希望清單
☞ **View my wish list**	觀看我的希望清單

「英文網購達人」提醒您：

此外，一般的購物網站都會針對每一個會員，提供一個「希望清單」（Wish List）的設計，您可以針對自己喜歡的商品，先放置在這個「希望清單」，此功能通常為按鍵設計，您只要點選"Wish List"，此網頁的位址便會儲存在此，以方便您稍後再確認是否要下單購買。

☞ **My shopping cart**	我的購物車
☞ **See more in your browsing history**	
	看更多你的瀏覽記錄

☝ **Sign In to see your products, pick lists, and more.**
登入以看你的商品、挑選明細及更多（資訊）。

☝ **Recently Viewed Items** 近期瀏覽過的商品。

☝ **Your Recent History** 你最近的記錄

☝ **View & edit Your Browsing History**
觀看及編輯你最近的記錄

☝ **See Details** 看細節

☝ **Payment method** 付款方法

☝ **Current bid** 目前出價

☝ **Started time** 開始時間

☝ **End time** 結束時間

☝ **Time left** 剩餘時間

☝ **Buy Now Costs** 直接購買價

☝ **Ship to** 運送至

☝ **Item location** 物品所在地

☝ **First bid** 第一次出價

☝ **Bid history** 出價記錄

☝ **Bid increment** 出價增額

☝ **High bidder** 最高出價者

☝ **E-mail to a friend** 寄給朋友

【相關延伸用法】
►E-mail this item to a friend
寄這項商品給朋友

🖐 **Don't see this item in your color or size?**

這個商品沒有你要的顏色或尺寸嗎？

🖐 **Buying Advice** 　　購物推薦

🖐 **Buying Resources** 　買方資源

🖐 **Buyer Protection** 　買方保護

🖐 **See all Buying Resources** 　瀏覽所有購物資源

如何上
英文網站購物

拍賣

　　拍賣商品最重要的一個流程，便是商品的競標價格。通常賣方都會設定拍賣的底價，然後在一段時間內公開拍賣。最後由最高額競標者得標。

　　你可以在拍賣的網頁看到包括底標、競標的時間、目前最高出價者、商品說明、運費等的基本資料，若是你對此項商品有興趣，並且是網站的會員，就可以參與競標。

🖐 Auction	拍賣
🖐 Auction Duration	拍賣期間
🖐 Auction Items	拍賣物件
🖐 All Items	所有物件
🖐 Bid	出價、競標

【相關類似及延伸用法】

▶ Place Bid	出價、競標
▶ Bidding War	競標
▶ Bid Now	現在就競標

🖐 Current Bid	目前出價
🖐 Bid History	出價記錄
🖐 History: 4 bids	記錄：4 個出價
🖐 Bid Increment: $1	出價增額：美金 1 元
🖐 Bid Retraction	取消競標
🖐 Bidder	競標出價者
🖐 Outbid	出價最高
🖐 High Bid	最高出價者
🖐 Minimum Bid	競標底價
🖐 Maximum Bid	最高出價
🖐 Started Date	開始日期

🖑 **Time Left** 剩餘時間

「英文網購達人」提醒您：

"Time Left"多指拍賣物件所剩餘可以提供拍賣的有效時間。

🖑 **End Date** 結束日期

🖑 **Back to list of items** 回到物件的清單頁

「英文網購達人」提醒您：

表示目前你正在瀏覽某一物件的網頁，而你可以選擇回到前一頁的清單頁面。

🖑 **Item Title** 物件名稱

🖑 **Item Number** 物件編號

「英文網購達人」提醒您：

物件編號有時是指商品的型號，以方便買方和賣方在溝通時，有一個正確的溝通代號，以免混淆。
"Item Number"也可以用"Item #"表示。

🖑 **Buy safely** 安全購物

🖑 **Description** 說明

🖑 **Meet the seller** 有關賣方

「英語網購達人」提醒您：

您可以在 Meet the seller 瞭解賣方的相關資料，例如
評價、提問題、觀看其他賣方商品等：

Chapter 12 | Place Bid

下標

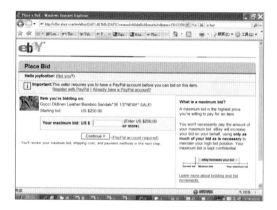

等您瀏覽網站內的各商品後,想必您已經有中意的商品了,此時,您應該也已經詳細閱讀過相關的商品說明了,「非買不可」的念頭是不是已經在您心裡萌芽了呢?先不急,您可得再一次瞭解下標時,您需要注意的各種問題喔!像是是否有手續費、包裝費及運費的計算方式等。

👆 **Ready to Bid?**	準備下單了嗎？
👆 **Bid or Buy Now!**	競標或現在就購買！
👆 **Proxy Bid**	代理競標
👆 **Reserve**	賣方預定底價
👆 **Reserve Met**	已達(賣方)底價
👆 **Reserve Not Yet Met**	尚未達(賣方)底價
👆 **Bid Retractions**	撤回下標
👆 **Remove**	移除

【相關類似及延伸用法】

▶ **Delete** 消除

「英文網購達人」提醒您：

"Remove"是表示將先前已放入購物車，但尚未結帳的商品取消「放入購物車」的行為。

👆 **Change**	更改

【相關類似及延伸用法】

▶ **Edit** 編輯

👆 **Place Order**	下單
👆 **Review and Confirm Bid**	重新瀏覽並確認競標
👆 **Confirm Bid**	確認競標

👆 **Bid Confirmation**	競標確認
👆 **Renew Bid**	重新競標
👆 **Wish List**	希望清單
👆 **Move to Wish List**	移至希望清單中
👆 **Keep track of what you want**	
	把你想要的放入追蹤清單

「英文網購達人」提醒您：

瀏覽過程中，若發現中意的商品，但是暫時不想下單，就可以將物件所在頁面點選「放入追蹤清單」或「移至希望清單中」，再繼續瀏覽您目前的購物頁面，待之後想要確定下單時，確保可以找得到先前中意的物件。

| 👆 **Update Basket** | 更新購物車 |
| 👆 **Empty Basket** | 清空購物車 |

「英文網購達人」提醒您：

"Update Basket"表示要重新更新購物車的訊息，可能是修改訂購數量或顏色，而"Empty Basket"則多半表示將先前放入購物車中的物件全部放棄的意思。
在網路購物中，basket 和 cart 都是「購物車」的意思。

✍ Item you're bidding on ~
> 你競標的商品是～

✍ Your maximum bid: NT$700 (Approximately US $20.00)
> 你最高競標價格：台幣七百元（大約美金二十元）

「英文網購達人」提醒您：

在國外的購物網站中，為方便買方因為使用不同的幣值競標，會設定自動判斷幣值並轉換為國際通用的美金價格的服務，以供買方參考。

✍ Your maximum bid:US $ ~(Enter US $20.00 or more)
> 你最大的競標金額是美金～
> （鍵入 20 美元或更多）

✍ By clicking on the button below, you commit to buy this item from the seller if you're the winning bidder.
> 靠著點選下方的按鈕，您同意若贏得競標，將向賣方購買此物件。

✍ This seller has set buyer requirements for this item and only sells to buyers who meet those requirements.
> 賣方針對這項商品設有「買方要求」，買方唯有符合下列資格才能購買商品。

☞ **You are unable to bid on or buy this item because: ~**

你無法下標或購買此項商品，因為：～

☞ **You either don't have a PayPal account or your PayPal account is not linked to your eBay account.**

你既無 **PayPal** 帳號或是你的 **PayPal** 帳號沒有連結到**eBay** 帳號。

☞ **You are registered in a country to which the seller doesn't ship.**

你註冊的國家是賣方無法運送的地區。

☞ **Note: If you are still interested in bidding on or buying this item, you may contact the seller and ask that they exempt you from any buyer requirements.**

注意：假如你還是對下標商品或購買此商品有興趣，你可以聯絡賣方並要求對方免除任何的買方限制。

☞ **Congrats David, you're the first bidder.**

大衛，恭喜你，你是第一位競標者。

☞ **You're the highest bidder and currently in the lead.**

你是最高價格競標者，目前居於領先地位。

👆 **You are close to being outbid.**

你即將贏得競標。

👆 **If someone else places a bid, you will no longer be the highest bidder.**

假如有其他人下標,你將無法成為最高的競標者。

👆 **Increase your chances of winning by increasing your maximum bid.**

要增加你標得此項商品的機會,就要增加你的競標金額。

👆 **Find more items from the same seller.**

從這個相同的賣方尋找更多的商品。

"proxy bid"是 eBay 購物網站的一種功能,就是當買方不讓後來有人參與搶標商品,便先設一個最高願付的上限(例如$300)。

此商品一開始還是$200,但有另一個人同樣看上這個商品,他卻只出價$220 就贏之前的買家,可是如果你有設上限的話,則他要一路出到$301 才能取代你。以此類推。

如果沒人跟你競價或競價沒超過你的上限,就以最後出價的價位為主。

如何上
英文網站購物

Chapter 13 | Order

訂單

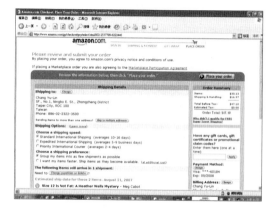

在您下單後，緊接著就會看到購物明細，包括商品名稱、售價、訂購數量等，都會有清楚的說明。

一般來說，購物明細(Order Summary)是下單後第一個出現的訂購訊息，您必須仔細的確認後，才能進行結帳。

此外，在您結帳前，網站通常都會再次確認您的身份，以免發生身份被盜用而產生糾紛。

🖑 **Place Order**　　　　　下訂單

🖑 **Order**　　　　　　　　訂單

🖑 **Your order with Amazon.com**

　　　　　　　　你在亞馬遜網站的訂單

🖑 **Cart**　　　　　　　　購物車

┌─────────────────────────────┐
│ 【相關類似及延伸用法】　　　　　│
│ ▶ **Shopping Cart**　　購物車　　│
│ ▶ **Shopping Basket**　購物籃　　│
│ ▶ **Shopping Bag**　　　購物袋　　│
└─────────────────────────────┘

🖑 **Add to Cart**　　　　加入購物車

┌─────────────────────────────┐
│ 【相關類似及延伸用法】　　　　　│
│ ▶ **Add to shopping bag**　　　　│
│ 　加入購物袋中　　　　　　　　　│
│ ▶ **Add to shopping cart**　　　　│
│ 　加入購物車中　　　　　　　　　│
└─────────────────────────────┘

🖑 **Track an Order**　　　追蹤訂單

🖑 **Track your recent orders.**

　　　　　　　　追蹤你最近的訂單。

🖑 **View or change your orders in Your Account.**

　　　　　　　　瀏覽或更改你的帳號的訂
　　　　　　　　單。

🖑 **Where's My Stuff?**　我的東西在哪裡？

✍ Accept Credit Cards 接受刷卡購物

✍ **Order Summary**	訂單一覽
✍ **Items:$30.13**	商品（售價）：美金30.13 元
✍ **Shipping & Handling:$16.97**	運費及手續費：美金16.97元
✍ **Quantity**	數量
✍ **Price Each**	單價
✍ **Subtotal**	小計
✍ **Total**	總額
✍ **Charges**	費用
✍ **Shipping**	運送
✍ **Delete**	刪除
✍ **Checkout**	結帳
✍ **Continue Shopping**	繼續購物
✍ **Update Quantities**	更新數量

【相關類似及延伸用法】
▶Change Quantities　　更改數量

🖱 View My Cart　　　　瀏覽我的購物車

【相關類似及延伸用法】
▶See My Cart　　　察看我的購物車

🖑 Your shopping cart is empty.
　　　　　　　　你的購物車是空的。

🖑 Read Safe Shopping Guarantee
　　　　　　　　詳閱安全購物保證

Chapter 14 | Shopping

購物

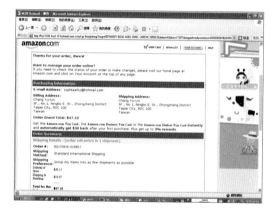

　　在你結帳購買網路商品之前，必須先瞭解此購物網站提供的服務有哪些。

　　購物的服務除了會有商品數量的基本選擇，以及顏色、運送等的服務之外，還包括退換貨或其他的相關商品的連結等等。

　　除此之外，包含商品有瑕疵時該如何處理？若需要退換貨或甚至退款時，又有哪些事項要注意？是否提供常見問題查詢、商品追蹤及出貨狀況的查詢等，都是你要考量的重點。

👆 Help	服務
👆 What can we do for you?	
	我們能為你提供什麼服務？
👆 About This Site	有關這個網站
👆 Bookmark	加入最愛

「英文網購達人」提醒您：

雖然大部分瀏覽器均提供將網站「加入我的最愛」（Bookmark）的功能，但是某些貼心的網站會在網頁中直接提供 Bookmark 的功能，直要直接點擊即可。

👆 More Ways To Shop	更多購物方法
👆 Shopping Blog	購物部落格
👆 Shop Now	現在就購物
👆 Shop by Brand	依品牌購物
👆 Shop by Store	依商店購物

「英文網購達人」提醒您：

在購物過程中，除了依照商品種類、賣方、售價作分類之外，也可以選擇"Shop by Store"（依商店購物），多半是表示依照商品品牌或連結至本購物網站的其他購物網站的分類方式。

👆 **Gift Finder**	尋找禮物
👆 **Return**	退貨
👆 **Refund**	退款

👆 **Sears Remember to use your Sears Card**

Sears會員記得使用您的
Sears 卡

「英文網購達人」提醒您：

Sears 是一家網路購物公司的名稱，許多拍賣網站都
會發行自己專屬的會員卡，並提供多種優惠策略，以
吸引網友加入成為網站會員。

👆 **Q&A** 問題與回答

【相關類似及延伸用法】
▶ FAQs 常見問題
▶ General Questions 一般問題

👆 **Find answers** 找答案

【相關延伸用法】
▶ Problems? 有問題嗎？

👆 **Find answers to the most commonly asked questions.**

尋找最常被問的問題的答
案。

✍ **You will confirm in the next step.**

你會在下個步驟確認。

✍ **To view other products, please use the tabs on the top of this page.**

要看其他的商品，請使用（點選）本網頁上方的標籤。

✍ **May we suggest** 請容我們推薦

「英文網購達人」提醒您：

通常出現在網站上推薦買方購買相關商品的建議連結頁面。

✍ **Today's Recommendations For You**

今天給您的推薦（商品）

✍ **You also might like** 你可能也喜歡

✍ **Additional ideas** 其他的想法

Chapter 15 | Category

商品分類

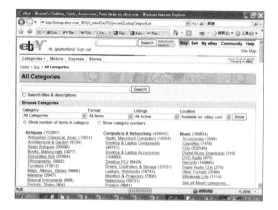

　　購物時，必須仰賴「商品分類」（category）提供的幫助，以快速搜尋到希望購買物廉價美又符合您需求的商品。

　　舉例來說，以使用對象來分類，可以概括性地分為男性、女性、成人、兒童；或是以商品類別來分，則可以分為服飾類、配件類；若以生活來分類，則有居家、臥室、廚房、園藝等等，可依照個人不同的需求，到相關的館別(apartment)尋找商品。

👆 **Category**	分類
👆 **All Categories**	所有分類
👆 **Featured Categories**	特定類別
👆 **Popular Categories**	受歡迎的分類
👆 **All of Shopping**	所有購物
👆 **Item Under $1,000**	**1,000** 元以下的物件
👆 **Item**	物件
👆 **Item Number**	物件編號
👆 **Title**	名稱
👆 **List**	清單
👆 **Store**	商店
👆 **Brand**	品牌
👆 **Price**	價格
👆 **On Sale**	特賣
👆 **Auction**	拍賣
👆 **Gallery**	精品區
👆 **Completed Items**	已結束拍賣物件

〔附錄 4〕

個人物品實用單字

個人物品	**Personal Item**
個人護理	**Personal Care**
配件	**Accessories**
帽子	**Hats**
手機	**Cell Phones**
眼鏡	**Glasses**
太陽眼鏡	**Sun glasses**
隱形眼鏡	**Contact Lens**
手錶	**Watch**
雨傘	**Umbrella**
(女用)陽傘	**Shade**
小型手提箱	**Briefcase**
袋子	**Bag**
錢包	**Purse**
皮夾	**Wallet**
背包	**Knapsack**
手提箱	**Suitcase**
鞋子	**Shoes**

〔附錄 5〕

女性實用單字

女性	Women
女性	Female
年輕女性	Young Women
女孩	Girls
女性服飾	Women's Clothing
女性配件	Women's Accessories
圍巾、披巾	Scarves
連衣裙	Dresses
大尺寸	Plus Sizes
鞋類	Shoes
絲襪	Silk-stocking
珠寶	Jewelry
手提袋	Handbags
睡衣	Sleepwear
運動衣	Active Wear
健康	Health
美容	Beauty
健身	Exercise
塑身	Fitness
給她的禮物	Gift for Her

〔附錄 6〕

男性實用單字

男性	Men
男性	Male
年輕男性	Young men
男孩	Boys
男性服飾	Men's Clothing
男性配件	Men's Accessories
皮夾	Wallets
領帶	Ties
太陽眼鏡	Sunglasses
皮帶	Belt
吊褲帶	Suspenders
襪子	Socks
帽子	Hats
皮箱	Briefcases
運動衣	Active Wear
鞋類	Shoes
手錶	Watches
行李	Luggage
戶外運動	Outdoor Sports
給他的禮物	Gift for Him

〔附錄 7〕

嬰兒實用單字

嬰兒	**Baby**
嬰兒	**Infant**
襁褓	**Nursery**
幼兒家具	**Baby Furniture**
嬰兒舖蓋	**Baby Bedding**
嬰兒推車	**Strollers**
汽車安全座椅	**Car Seats**
餵食	**Feeding**
健康及安全	**Health & Safety**
給幼兒的禮物	**Gifts for Baby**
玩具	**Toys**
遊戲	**Games**
給女孩的玩具	**Toys for girls**
給男孩的玩具	**Toys for boys**
受歡迎的玩具	**Popular toys**
孩子及嬰兒的衣物	**Kids' & Baby Clothing**
女孩的衣物	**Girls' Clothing**
男孩的衣物	**Boys' Clothing**
幼兒及嬰兒的衣物	**Baby & Toddler Clothing**

〔附錄 8〕

兒童實用單字

孩子房間	**Kids' Room**
幼童家具	**Kids' Furniture**
幼童舖蓋	**Kids' Bedding**
青少年房間	**Teens' Room**
幼童房間	**Toddler Room**
小女孩服裝	**Girls' Clothing**
小男孩服裝	**Boys' Clothing**
學校制服	**School Uniforms**
兒童鞋	**Kids' Shoes**
兒童運動服	**Kids' Sports**
玩具	**Toys**
給小女生及小男生的禮物	**Gifts for Girls & Boys**
積木	**Blocks**
洋娃娃	**Dolls**
學齡前的玩具	**Preschool toys**
學習	**Learning**
教育	**Education**
好玩的戶外遊戲	**Outdoor fun**

〔附錄 9〕

家居實用單字

用品	**Appliances**
廚房	**Kitchen**
餐廳	**Dining**
居家裝飾	**Home Decoration**
地毯	**Rugs**
燈具	**Lighting**
窗簾	**Window Coverings**
寢具	**Bed**
衛浴	**Bath**
家具	**Furniture**
儲藏室	**Storage**
管理	**Organization**
吸塵器及地板養護	**Vacuums & Floor Care**
寵物	**Pets**
家庭用品	**Housewares**
戶外生活	**Outdoor Living**
草皮及花園工具	**Lawn & Garden Equipment**
五金	**Hardware**
設備	**Equipment**
寵物用品	**Pet supplies**

〔附錄 10〕

寢具及衛浴實用單字

臥室家具	**Bedroom Furniture**
舖蓋選項	**Bedding Collections**
被套	**Comforters**
床單	**Sheets**
床墊	**Mattresses**
棉被	**Bedquilt**
枕頭	**Pillow**
毯子	**blanket**
衛浴	**Bath**
衛浴毛巾	**Bath Towels**
衛浴家具	**Bathroom Furniture**
牙刷	**Toothbrush**
鏡子	**Mirror**
馬桶	**Toilet**
浴缸	**Bathtub**
水龍頭	**Faucet**

〔附錄 11〕

電器及電腦實用單字

電腦及網路	**Computers & Networking**
個人秘書	**PDAs**
筆記型電腦	**Laptops**
軟體	**Software**
電腦	**Computer**
筆記型電腦	**Notebook**
(電腦的)螢幕	**Monitor**
鍵盤	**Keyboard**
滑鼠	**Mouse**
投影機	**Projector**
投影片	**Transparency**
照相機	**Cameras**
數位相機	**Digital Cameras**
MP3 播放器	**MP3 Players**
無線電話	**Cordless Phone**
傳真機	**Fax Machine**
電話	**Telephone**
電話答錄機	**Voice Machine**

〔附錄 12〕

家庭電器實用單字

電視	**TV set**
家庭劇院	**Home Theater**
家庭視聽	**Home Audio**
卡拉 OK	**Karaoke**
音響	**Stereo**
擴音機	**Speaker**
收音機	**Radio**
風扇	**Fan**
空氣清淨機	**Air Cleaner**
冷氣機	**Air Conditioner**
割草機	**Lawn Mower**
電熱器	**Electric Heater**
冰箱	**Refrigerator**
洗衣機	**Washing machine**
錄影機	**Video recorder**

〔附錄 13〕

健康實用單字

運動	**Exercise**
健身	**Fitness**
營養	**Nutrition**
兒童健康及安全	**Baby Health & Safety**
醫療設備	**Medical Devices**
健康家庭	**Healthy Home**
健康料理	**Healthy Cooking**
食譜	**Recipes**
藥局及處方	**Pharmacy & Prescription**
感冒、流感及過敏	**Cold, Flu & Allergy**
牙齒	**Dental**
糖尿病	**Diabetes**
水療及按摩	**Spa & Massage**
美容	**Beauty**
健康及個人照護	**Health & Personal Care**
運動	**Sports**
戶外活動	**Outdoors**

服裝實用單字

衣服	Clothes
服裝	Costume
禮服	Formal Dress
燕尾服	Tailcoat
晚禮服	Evening dress
燕尾服、晚禮服	Dress suit
無燕尾晚禮服	Tuxedo
禮服(長袍)	Robe
長袍	Tunic
厚大衣	Heavy Overcoat
輕便大衣	Topcoat
皮大衣	Fur coat
棒球外套	Bomber
斗篷	Cloak
皮夾克	Leather Jacket
雙排扣外衣	Double-breasted Suit
三顆鈕釦外套	3-button Jacket
三件式套裝	Three-piece suit
風衣	Outer Coat

成衣	Ready-made Clothes
正式服裝	Dress
大衣	Overcoat
外衣	Outerwear
外套	Jacket
襯衫	Shirt
裙子	Skirt
風衣	Dust Coat
雨衣	Raincoat
休閒服	Casual Clothes
便裝	Ordinary Clothes
星期天穿的衣服	Sunday Wear
工作時穿的衣服	Working Wear
短袖圓領衫	T-shirt
長袍	garment
【總稱】上衣	Tops
工作服	Overall
網衫	Mesh Shirt
牛仔裝	Jeans
水手衫	Middy Blouse
馬球衫	Polo Shirt

運動短褲	**Trunks**
容易穿脫的衣服	**Slip**
無袖背心	**Tank**
短運動褲	**Shorts**
背心	**Vest**
皮帶	**Belts**
胸針	**Pin**
領帶針	**Breastpin**
袖扣	**Cuff-links**

〔附錄 15〕

知識實用單字

書籍	**Books**
音樂	**Music**
電影	**Movies**
雜誌	**Magazines**
報紙	**Newspapers**
教科書	**Textbooks**
電腦	**Computer**
辦公室產品	**Office Products**
辦公室用品	**Office Supplies**
紙張	**Paper**
印表機	**Printers**
學習	**Learning**
教育	**Education**
知識	**Knowledge**
科學	**Science**

Chapter 16 Description

商品說明

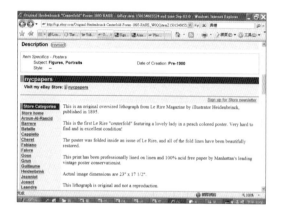

當買方瀏覽商品時，除了商品的售價之外，一定要特別注意商品的說明，其中當然包含商品的外觀、是否有庫存等等。

一般而言，購物網站都有設計 Zoom 的功能，可以讓買方看到大尺寸的商品畫面，以確定是否是買方欲購買的商品，甚至有更先進的設計，則可以用 3D 的立體畫面呈現給買方。

Description	(商品)說明
Product Details	商品細節
Piece	單個

【相關類似及延伸用法】
▶ Unit　　　　　　單個、一個
▶ Set　　　　　　組

Stock	存貨
Stock Status	庫存狀況
Inventory	存貨清單
In Stock	有庫存
Out of Stock	缺貨中

Not available for purchase.

目前缺貨中。

This product will be available on Thursday, October 04, 2007. To place an order, please contact us.

這項商品要到 2007 年 10 月 4 日星期四才有貨。若要訂購，請聯絡我方。

This item is available online and in stock.

此項商品可提供線上購物，並有庫存。

Prices and availability may vary by location.

價格及是否供貨，可能因地區而有異。

☞ Availability: In Stock	是否有現貨：庫存中
☞ In Stock for Delivery	有庫存可出貨
☞ Seller accepts returns	賣方接受退貨
☞ See Item Description	請看商品說明
☞ Sold Out	已售完
☞ Similar Items	類似品項
☞ View More	更多訊息看這裡
☞ This item comes with ~	這項商品包含～

☞ View Larger	看放大(圖)
☞ Click to View Supersized Image	
	點選看較大的圖片

【相關類似延伸用法】

► **View Larger Images**
　　觀看更大的圖像
► **Click to view larger**
　　點選看較大（圖）

 Zoom　　　　　　　　　拉近看(圖)

【相關類似及延伸用法】

► **Zoom In**　　　　　　拉近看(圖)
► **Zoom Out**　　　　　　拉遠看(圖)
► **Enlarge**　　　　　　　放大(圖片)

「英語網購達人」提醒您：

購物網站皆提供圖片放大的功能，特別是某些商品，
像是衣服等商品，更需要在下單前確認商品是否是自
己喜歡的花色，多利用圖片下方的 zoom 連結，在下
單前確認欲購買的商品是否正確無誤。

☝ **To zoom in or zoom out, click on the (+) or (-) buttons.**

要放大或縮小，點選(+)或
(-)按鈕。

☝ **After zooming, click and drag the image in any direction to view more details.**

改變圖片尺寸後，點選並
往任何方向拖曳以觀看更
多細節。

☝ **Click image above for larger view**

點選以上的圖片以看更大
影像

☝ **No Picture**　　　　　沒有照片

☝ **See it in 3D**　　　　看 3D立體圖

☝ **Click on an image for additional views**

點選一個圖片以觀看其他
額外的影像

☝ **Available to Taiwan buyers only**

只開放給台灣地區的買家

☝ **Available to buyers in these countries**

只開放給這些地區的買家

「英文網購達人」提醒您：

在上述說明中，通常"these"會有連結功能，可連結到
國家的項目說明。

👆 **Product images may differ from actual product appearance.**

商品的外表或許和實品略有差異。

👆 **Not all products are available at every ~ store.**

並不是所有商品在～商店都有庫存。

👆 **Online prices and promotions are for the continental U.S. only.**

線上價格及促銷只限在美國本洲境內。

Chapter 17 Feature

商品特色

　　商品的說明會直接影響你是否會網購此商品的重要因素。

　　在這個網頁中，你必須先仔細地瞭解：商品的款式、材質、狀況、尺寸、顏色等等，是否就是你心目中想要購買的商品，包括商品是否為新品或是為二手商品等，都必須慎重衡量再下單購買。

✋ **Product**　　　　　　商品

✋ **Condition**　　　　　　狀況

「英文網購達人」提醒您：

"Condition"通常是指拍賣商品為新品 (New)或二手貨
(Used)，是否有瑕疵 (defect)等的說明。

✋ **Condition: Great**　　狀況：良好

✋ **Condition: New/In Box**　狀況：新品/盒裝

✋ **New: In Box - Brand new condition in original box.**
　　　　　　　　　　　新品：盒裝─全新品，有
　　　　　　　　　　　原廠盒裝

✋ **New: Without Box-New condition without box**
　　　　　　　　　　　新品：無盒裝-狀況良好無
　　　　　　　　　　　盒裝

✋ **These shoes are carefully packed and shipped in our own boxes.**
　　　　　　　　　　　這些鞋子都仔細包裝，並
　　　　　　　　　　　用我方的盒子包裝運送。

✋ **Gently Used - Shoes may be returns   and/or   show minor signs of wear.**
　　　　　　　　　　　二手貨：鞋子可能是被退
　　　　　　　　　　　貨或有些許折痕。

✋ **These shoes are still in good condition.**
　　　　　　　　　　　這些鞋子狀況都很好。

👆 New	新品
👆 Used	二手的

👆 Like New	像是新品
👆 Almost New	幾乎是新品
👆 Used - Acceptable	二手貨—可接受的
👆 Used - Very Good	二手貨—非常好
👆 Used - Good	二手貨—好的
👆 Minor Creases	小折痕
👆 Scuff	磨損
👆 Damaged	損傷
👆 Faulty	有缺點的
👆 Distressed	便宜賣的
👆 Hot	熱賣的
👆 Popular	受歡迎的
👆 Favorite	受喜歡的

🖑 Complaint	抱怨
🖑 Praise	稱讚
🖑 Top	頂級的
🖑 Best	最佳的
🖑 Quantity	數量

「英文網購達人」提醒您：

一般來說，商品的說明會以縮寫的方式表示，例如
「數量」（Quantity）的縮寫便是"Qty."。

🖑 Material	材質
🖑 Style	款式
🖑 Imported	進口的
🖑 Mode in ~	在~製造
🖑 Package	包裝
🖑 Retail	零售
🖑 Type	種類
🖑 Brand	品牌
🖑 Color	顏色
🖑 Size	尺寸
🖑 Size Chart	尺寸圖

販售服飾的購物網站，通常都會提供衣物的詳細尺寸
表，以供買方購物參考。

👆 Twin	雙人尺寸(指寢具)
👆 Queen	大尺寸(指寢具)
👆 King	加大尺寸(指寢具)

以上的 Twin、Queen、King 多為床單或寢具的尺寸
選擇。

👆 Shown in Red	顯示為紅色

「英文網購達人」提醒您：

上述"Shown in+顏色"的句型，通常是用在商品圖片
的說明，表示此商品有多種顏色，但目前顯示的商品
圖片為某一特定色。

🖐 **One size fits most**　　　適合所有尺寸

🖐 **See All Styles**　　　看所有款式

🖐 **Shoppers who viewed this item also viewed ~**
　　　　　　　　看此商品的買方會同時
　　　　　　　　看~(商品)

〔附錄 16〕

款式實用單字

搭配	match
膚色	complexion
白/黑膚色	fair/dark complexion
款式	style
設計	design
最新款式	the latest design
流行款式	fashion
流行的	fashionable
過時的	out of fashion
趕時髦	follow the fashion
服飾的最新款式	the latest fashion in dresses
新潮的	new-fashioned
保守的	conservative
暴露的	revealing
性感的	sexy
可愛的	cute
成熟的	mature
老氣	oldish
花俏的	flashy

鮮豔的	**bright**
顯眼的	**loud**
華麗的	**showy**
多種顏色的	**colorful**

〔附錄 17〕

特色實用單字

美國製造	**made in USA**
台灣製造	**made in Taiwan**
品牌	**brand**
複雜的設計	**complicated design**
獨特的	**unique**
現成的	**ready-made**
(鞋等)使人感到痛的	**pinch**
耐穿的	**longwearing**
耐磨的	**wearable**
吸引人的	**attractive**
(織物)極薄的	**transparent**
雅致的	**elegant**
正式的	**formal**
休閒的	**casual**
免燙的	**wash-and-wear**
防水的	**waterproof**
不褪色的	**colorfast**
事先縮水處理	**pre-shrunk**
防縮水	**shrink resistant**

〔附錄 18〕

圖案實用單字

印刷(衣物的圖案)	**print**
外形、圖案	**figure**
圖案	**pattern**
素面	**solid**
花紋花樣	**flower pattern**
條紋	**stripe**
格子	**pane**
圓形圖	**circle graph**
印花	**calico**
方格花紋	**tartan**
格子花呢	**plaid**
圓點花	**dot**
複雜的	**complicated**
單調的	**plain**
單調的花樣	**plain pattern**
保護色	**protective color**
透明	**transparent**
半透明	**translucent**
不透明	**opaque**

〔附錄 19〕

顏色實用單字

顏色	color
色彩鮮豔的	vivid
色調	shade
褪色	fade
褪色的	faded
不褪色的	fadeless
深色	dark
淺色	light
白色	white
象牙色	ivory
乳白	milk white
灰色	gray
淡灰	light gray
藍灰	blue gray
深灰	dark gray
銀色	silver
紅色	red
粉紅色	pink
玫瑰紅	rose

橙色	orange
褐色、茶色、棕色	brown
芝麻色	sesame
肉色	nude
黃褐色	tan
深褐色	dark brown
駝色	camel
琥珀色	amber
卡其色	khaki
黃色	yellow
黑色	black
金色	gold
綠色	green
深綠	dark green
藍色	blue
淡藍色	pale blue
淺藍色	baby blue
水藍色	blue water
紫色	purple

〔附錄 20〕

尺寸實用單字

丈量	**measure**
尺寸	**size**
三圍	**measurements**
領圍	**neck**
女性胸圍	**bust**
男性胸圍	**chest**
腰圍	**waist**
腰圍線	**waistline**
臀圍	**hip**
臀圍線	**hipline**
褲長	**pants length**
袖長	**sleeve length**
(婦女服裝尺碼)特小號	**petite**
超小號	**extra small(縮寫 XS)**
小號	**small(縮寫 S)**
中號	**medium(縮寫 M)**
大號	**large(縮寫 L)**
超大號	**extra large(縮寫 XL)= X-large**
普通尺寸	**regular**

統一尺寸	free size
合身	fit
適合	suit
非常合身	perfect fit
大的	big
小的	small
寬的	wide
寬鬆的	loose
鬆垮的	baggy
長度	length
長的	long
短的	short
緊的	tight
緊一點	tighter
變長	lengthen
縮短	shorten

Chapter 18 | Fee

費用

　　在費用的相關網頁中，除了單價之外，您也可以查詢到相關的衍生費用，像是運費、手續費、速件費、包裝費等，甚至營業稅或相關買方必需支付的費用，網站都會在此網頁提供明細以及查詢的功能。

　　在下單前，您一定要仔細計算過各種費用，以免下單之後才後悔。

✍ **Pay**	付費

✍ **All prices in U.S. Dollars**	所有的售價（幣值）均為美金

✍ **Fees**	費用

【相關類似及延伸用法】

► Cost	費用
► Amount	費用
► Payment	支付

✍ **Unit Price**	單價

✍ **Coupon**	折價券

✍ **Transaction**	買賣

✍ **$1,000 Giveaway**	贈送 **1,000** 元

「英文網購達人」提醒您：

"giveaway" 多是指「贈品」，在購物網上，有 $100 Giveaway 則表示「送 100 元」，可能是現金折扣或兌換券，也可能是贈品的市值。

✍ **Calculate**	計算

✍ **Calculate Total Price**	計算總費用

✍ **Price**	售價

👆 **Shipping Cost**	運費
👆 **Total Price**	總金額
👆 **Charge**	收費
👆 **Shipping**	運費
👆 **Handling Charges**	手續費
👆 **Additional Charges**	附加費用
👆 **Tax**	稅金
👆 **Tax & Service Charge**	稅金及服務費
👆 **Sales Tax**	營業稅

👆 **Shipping & Handling Charge**

運費及手續費

👆 **For Each Additional Item**

以每個額外的物件計算

「英文網購達人」提醒您：

上述說明多用在計算運費或包裝的項目說明上。

👆 **Buyer Pays Fixed Amount**

買方支付固定金額

〔附錄 21〕

價格實用單字

售價	**Price**
金額	**Amount**
小計	**Subtotal**
總計	**Total**
稅金	**Tax**
付款	**Payment**
費用	**Fee**
費用	**Cost**
運費	**Shipping Cost**
手續費	**Handling Fee**
貴的	**Expensive**
便宜的	**Cheap**
不貴的	**Inexpensive**
拍賣中	**On Sale**
半價	**Half off**
撿到便宜	**A Good Deal**
貴重的	**Valued**

Chapter 19 | Price

商品售價

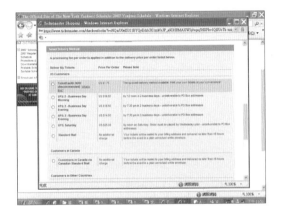

商品的售價除了單價之外，還有因為數量的不同而產生相對應的小計費用，是您在結帳前要再次確定的金額。

商品的搜尋也可以用售價來作排序搜尋，以方便您在網路購物時可以作為考慮的要件。

此外，因為全球化的關係，您還必須特別注意商品的售價的幣值單位，並先換算成台幣，才是您真正支付的費用。

✍ **Price**	價格
✍ **Sale Price**	售價
✍ **Clearance: US$99**	清倉價：美金 99 元
✍ **Buy It Now Price**	直接購買價
✍ **Lowest Prices on Line**	網路上最低價
✍ **Currency**	幣值
✍ **Subtotal**	小計

【相關類似及延伸用法】
▶ **Subtotal for Yahoo**
　在 Yahoo 的小計金額

✍ **Total**	總額
✍ **Subtotal (2 items)**	小計(兩個商品)

「英文網購達人」提醒您：

"Subtotal (2 items)" 表示您還未完成購物 (及尚未結帳前)，這是目前您所下單的商品所統計出的小計金額。

✍ **10% off**	九折
✍ **Save**	節省

Auction currency is U.S. dollars unless otherwise noted.

> 拍賣貨幣是使用美金，除非另外加以說明 (其他幣值)。

 Calculate Total Price　計算總金額

 Base price plus tax and shipping included (U.S. Only)

> 基本價格包含稅金和運費 (只限美國境內)

 Compare Prices from 5 merchants

> 從五個賣方比較價格

 Compare Prices　價格比較

當你瀏覽購物網站時，一定要將網站上的售價換算成台幣，才能知道這個商品的價格是否值得你網購。若是此購物網站沒有提供幣值換算的功能，是不是會讓人大傷腦筋呢？

這裡和您分享一個簡單又快速的換算方式：

go Googling（Google 可以幫您換算幣值）。

範例1：一雙美金 45 元的鞋子，換算成台幣是多少？

1. 上網到 Google 的網站（http://www.google.com.tw）

2. 輸入 45USD in TWD，按下 Enter 鍵

3. 就會出現「45 美元 = 1488.53826 台幣」的結果

範例2：一件日幣 4,500 元的風衣，換算成台幣是多少？

1. 上網到 Google 的網站（http://www.google.com.tw）

2. 輸入 4500 JPY in TWD，按下 Enter 鍵

3. 就會出現「4500 日元 = 1294.43287 台幣」的結果

由此可知，不管你要換算成哪一種幣值，只要知道貨幣的代碼就行了。（詳見第 268 頁貨幣代碼說明）

〔附錄 22〕

貨幣實用單字

硬幣	**Coin**
紙幣	**Bill**
塑膠貨幣(信用卡)	**Plastic**
(美金)一角硬幣	**Dime**
元	**Dollar**
分	**Cent**
二十五美分	**Quarter**
(美金)五角硬幣	**Fifty-Cent Piece**
(美金)五角硬幣	**Half-Dollar**
(美金)五分錢鎳幣	**Nickel**
(美金)一分硬幣	**Penny**
(美金)二角五分硬幣	**Quarter**
零錢	**Loose Coins/Change**
財力、資金	**Finance**
資金、基金	**Fund**

〔附錄 23〕

各國貨幣代碼實用單字

台灣新台幣	**TWD**
美國美元	**USD**
中國大陸人民幣	**RMB**
歐元	**EUR**
日元	**JPY**
德國馬克	**DEM**
英鎊	**GBP**
法國法郎	**FRF**
瑞士法郎	**CHF**
澳大利亞元	**AUD**
加拿大元	**CAD**
奧地利先令	**ATS**
港幣	**HKD**
比利時法郎	**BEF**
芬蘭馬克	**FIM**
義大利里拉	**ITL**
愛爾蘭鎊	**IEP**
荷蘭盾	**NLG**
盧森堡法郎	**LUF**

葡萄牙埃斯庫多	PTE
馬來西亞林吉特	MYR
印尼盾	IDR
菲律賓比索	PHP
紐西蘭元	NZD
新加坡元	SGD
俄羅斯盧布	SUR
泰銖	THB
韓國元	KRW

結帳

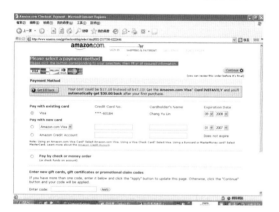

　　結帳時,一定要注意幾件事。

　　第一,是售價的幣值,美金和歐元可是差很多的喔!

　　第二,運費、手續費有沒有含在售價內,也是你必須要仔細核對的。

　　要結帳前,一定要再次確認商品的各種資料的正確性,及出貨的時間等等,確定後,您就可以安心地繼續結帳囉!

| ✋ Checkout | 結帳 |

> 【相關類似及延伸用法】
> ► Checkout Now   現在就結帳
> ► Proceed Checkout 繼續進行結帳

| ✋ Total | 總額 |

| ✋ Amount | 金額 |

| ✋ Item | 物件 |

| ✋ Unit | 單位 |

| ✋ Piece | 每一件/個 |

| ✋ Quantity | 數量 |

✋ Select Size/Color/Quantity: Click below to make your selection

選擇尺寸/顏色/數量，請點選以下你的選項

| ✋ Accounting Assistant | 計算幫手 |

✋ Choose Automatic Payment or Update Credit Card on File

選擇自動付款或更新資料中的信用卡資料

✋ Verify Using a Credit Card

查核使用的信用卡

| ✋ Credit Card Number | 信用卡號碼 |

☞ **Card Verification Value**　信用卡檢查碼

☞ **Expiration date: mm/yyyy**　有效日期：月/西元年

☞ **Cardholder name**　持卡人姓名

☞ **Billing address**　帳單地址

「英文網購達人」提醒您：

要求買方提供帳單地址時，還會一併提醒您"must match monthly statement address"（一定是要每個月收到帳單的地址），以此再次確認持卡人的身份。

☞ **Review and submit your order**

詳閱並送出你的訂單

在提供信用卡資料時，網站會要求提供「信用卡檢查碼」。

信用卡都有檢查碼（後三碼或後四碼），VISA 稱為 Card Verification Value(CVV)，而 Mastercard 稱為 Card Validation Code (CVC)。指的就是希望買方提供"This is the 3-digit number on the back of your credit card"（是在你的信用卡後面的三位數字）。

〔附錄 24〕

數字實用單字

一	**one**
二	**two**
三	**three**
四	**four**
五	**five**
六	**six**
七	**seven**
八	**eight**
九	**nine**
十	**ten**
十一	**eleven**
十二	**twelve**
十三	**thirteen**
十四	**fourteen**
十五	**fifteen**
十六	**sixteen**
十七	**seventeen**
十八	**eighteen**
十九	**nineteen**

廿	twenty
卅	thirty
四十	forty
五十	fifty
六十	sixty
七十	seventy
八十	eighty
九十	ninety
一百	a hundred
一千	a thousand
一萬	ten thousand
十萬	one hundred thousand
百萬	million
一千萬	ten million
十億	billion
廿五	twenty-five
四十三	forty-three
六十九	sixty-nine
一百廿三	one hundred and twenty-three
三千四百五十六	three thousand four hundred and fifty-six

〔附錄 25〕

序號實用單字

第一(縮寫 1st)　　　first

第二(縮寫 2nd)　　　second

第三(縮寫 3rd)　　　third

第四(縮寫 4th)　　　fourth

第五(縮寫 5th)　　　fifth

第六(縮寫 6th)　　　sixth

第七(縮寫 7th)　　　seventh

第八(縮寫 8th)　　　eighth

第九(縮寫 9th)　　　ninth

第十(縮寫 10th)　　　tenth

第十一(縮寫 11th)　　eleventh

第十二(縮寫 12th)　　twelfth

第十三(縮寫 13th)　　thirteenth

第十四(縮寫 14th)　　fourteenth

第十五(縮寫 15th)　　fifteenth

第十六(縮寫 16th)　　sixteenth

第十七(縮寫 17th)　　seventeenth

第十八(縮寫 18th)　　eighteenth

第十九(縮寫 19th)　　nineteenth

第廿(縮寫 20th)	twentieth
第廿一(縮寫 21st)	twenty-first
第卅二(縮寫 32nd)	thirty-second
第四十三(縮寫 43rd)	forty-third
第卅(縮寫 30th)	thirtieth
第四十(縮寫 40th)	fortieth
第五十(縮寫 50th)	fiftieth
第六十(縮寫 60th)	sixtieth
第七十(縮寫 70th)	seventieth
第八十(縮寫 80th)	eightieth
第九十(縮寫 90th)	ninetieth

Chapter 21 | Payment

付款

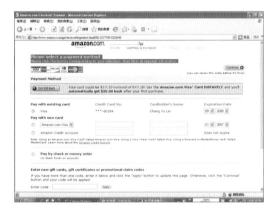

付款的這一個流程,幾乎是網路購物最後要確認的手續了,最重要的便是再次確認信用卡的號碼、卡別、有效期限、帳單地址等,如果都正確無誤,並按下確認鍵,才算真正完成網路購物行為。

【Chapter 21】付款

🖐 **Ready to pay?**	準備要付款了嗎？
🖐 **Pay Now**	現在就付款
🖐 **Payment**	付款
🖐 **Payment Method**	付款方式
🖐 **Cash**	現金
🖐 **COD (cash on delivery)**	貨到付款
🖐 **Personal Check**	個人支票
🖐 **Postal Money Order**	郵政匯票
🖐 **Escrow Service**	信託付款服務

「英文網購達人」提醒您：

「信託付款服務」，在電子商務的交易過程中，買方先將交易行為所應支付的款項交予第三人，賣方確定有該筆可供支付貨品的款項後再將買方所購之物品交予買方，待買方確定所收貨品無誤後，第三人便可將貨款支付給賣方。

🖐 **International Money Order**	
	國際匯票
🖐 **Bank Draft**	銀行匯票
🖐 **Bank Wire**	銀行電匯
🖐 **Money Order**	匯票

👆 **Pay with existing card**　用現有的信用卡付款

👆 **Pay with new card**　用新的信用卡付款

上述說明表示你之前已經在這個網站有購物的記錄，所以網站有你先前付款的信用卡資料，只要再確認是否是要用這一張信用卡付款。若是要用另一張信用卡付款，則要重新輸入信用卡資料。

👆 **On Line Payments**　線上付款

👆 **Welcomes Visa**　歡迎使用 Visa 卡

👆 **Accept (Visa,Mastercard,AE) credit cards or electronic checks from winning bidders on line.**
我們接受信用卡 (威士卡、萬事達卡、美國運通卡) 或是得標者在線上使用的電子支票。

👆 **The ultimate in payment convenience**
最方便的付款方式

👆 **Change Payment Method**
更改付款方式

您可以在這裡更改您的付款方式，像是改用另一張信用卡付款，或是選擇和網站配合的付款單位合作。

☞ **Proceed to Secure Checkout**

繼續到安全結帳區

☞ **Having difficulties? Please visit our Help pages to learn more about placing an order.**

有問題嗎？請參閱我們協助網頁以得知更多有關下單事宜。

☞ **All sales from this Site must be paid prior to shipment.**

這個網站的所有交易額都必須要在出貨前支付。

☞ **Most sellers offer more than one method of payment.**

大部分的賣方都提供一個以上的付款方式。

☞ **Some methods provide more protection than others.**

有一些（付款）方式提供比其他（付款）方式更多的保護。

☞ **Below there is a description of each payment method, together with the benefits and risks associated with each.**

以下是每一個付款方式的說明。有彼此的好處和風險的關連。

☞ It's your responsibility to check which methods of payment your seller will accept before you place your bid or click "Buy It Now".

在你競標或下單購買前，你有責任確認你的賣方接受哪一種付款方式。

☞ It's also your responsibility to decide which payment methods you're willing to use, given the associated risks and benefits.

同時，在提供好處和風險（說明）後，你也有責任確定你希望用哪一種付款方式。

如何上
英文網站購物

運送/退貨

　　當你要結帳前,也要特別注意運送問題,例如運送地址是否正確、是否有庫存可以馬上出貨?出貨的時間?運送所要花費的時間等,某些網站甚至在安排商品出貨後,仍會用電子郵件通知購物者。

　　此外,當你收到商品卻發現商品有瑕疵時,就要辦理退貨,你就必須先瞭解退貨的各種流程及注意事項,重點是必須在一定的時間內完成退貨,免得延誤退貨的時機。

| 🖑 Shipping | 運送 |

【相關類似及延伸用法】
▶ **Shipping Method** 運送方式
▶ **Shipping Information** 運送資料

🖑 Shipping Details	運送細節
🖑 Shipping & Returns	運送和退貨
🖑 Exact Shipping	確實運送方式
🖑 Shipping Policies	運送政策
🖑 Shipping Center	運送中心
🖑 Learn more about shipping	了解更多關於運送事宜
🖑 Ship to ~	運送至～

【相關延伸用法】
▶ **Shipping to ~** 運送到～

「英文網購達人」提醒您：

在"Ship to ~"（運送至～）的功能中，在後面通常有固定的選項供您選擇，但是每一家購物網站提供的選項內容不盡相同，若是國際性的購物網站，往往有運送至世界各國的選項，像是美洲、亞洲、歐洲的選擇，但是一般非國際性的國內網站，則多為當地的區域選項，以台灣為例，則可能出現各縣市名稱的選項功能。

Shipping Address 運送地址

Usually ships within 24 hours

通常在廿四小時之內會出貨

Change Shipping Address 更改運送地址

Items being shipped via Air Mail may take up to 20 days to arrive.

經由航空運送的物品，需要花上至少廿天的時間運達。

We make every effort to deliver your order as quickly as possible.

我們會進最大努力盡快運送您的商品。

Most of our products can be delivered the same day.

大部分我們的商品都能當天送達。

To assure same-day delivery, orders must be received before 2:00 PM, Monday - Friday, or before 12:00 Noon on Saturdays in the recipient's time zone.

為了要確保當天送達，訂單必須要在週一至週五的下午 2 點鐘前收到，或是在週六的中午 12 點鐘前收到（以收貨者的當地時間為主）。

✋ Orders received after that time may be delivered the following day.

在之後的時間才收訂定單者，將在第二天運送。

✋ To request a specific delivery time, please type it into the Special Instructions field during checkout. We will do our best to accommodate your preferences.

若要求特別的運送時間，請在結帳時於特別說明欄位中註明。我們將會盡力滿足您的需求。

✋ Before major holidays, we recommend that you place your orders at least five days in advance.

在重大節慶之前，我們建議您至少在節慶日前五天下單。

✋ Please note that a service fee of $12.99 USD is applied to all orders delivered in the U.S. and Canada.

請注意，所有運送至美國以及加拿大地區的訂單，都必需支付美金 12.99 元的服務費用。

✋ Shipping status　　　　運送現況

✋ Return Policy　　　　退貨政策

✋ We offer a 30-Day Return Policy on every order.

每張訂單我們提供 30天鑑賞期退貨的服務。

🖐 **Return an item (here's our Returns Policy).**

商品退貨（這裡是我們的退貨政策）

🖐 **Need to Return an item? Check out our Returns Policy first.**

有商品需要退貨嗎？先查詢我們的退貨政策。

🖐 **Defective, Damaged, or Missing Items**

商品有缺陷、損毀或短少

🖐 **All returns require a Return Authorization Number.**

所有退貨均需要退貨授權編號。

🖐 **Please send all returns via an insured and traceable carrier with signature confirmation to:~**

請將退貨商品透過可靠並可追蹤及附有簽名確認的貨運公司送至：～(網站地址及收件人)

「英語網購達人」提醒您：

務必要遵守網站的退貨規定，完整的包裝、收據、完整的商品及配件等，並在鑑賞時間內就退回商品，免得自己的權益受損。

🖐 **The few things you can't send back unless otherwise noted:**

有一些東西你不能送回（退回），除非有其他註明：

👆 **Customized or personalized items**

訂作或個人用品

👆 **Holiday themed items purchased less than 60 days prior to the holiday.**

訂購的節慶主題商品，除非在節慶前 **60** 天（退回）。

👆 **Furniture**　　　　　　　家具

👆 **Final Clearance Items**　　清倉商品

如何上
英文網站購物

Chapter 23 | Shipping Cost

運送費用

　　網路購物因為減少了店面銷售所增加的成本，所以價格是非常吸引人的，但是雖然購物方便，也必須注意您的購物權益，像是運費由哪一方負擔、負擔的明細說明等等。大部分網購者都需要支付運送費用，結帳前一定要確認費用是多少，再根據自己的需求評估是否要下單。

　　在這一個單元中，您可以更深入瞭解運送費用說明的用法。

Shipping Costs 運送費用

【相關類似及延伸用法】
▶ Shipping Rates 運送費用

Additional Shipping 額外的運費

Shipping Payment 運費支付

Standard Shipping Rates 標準運送費用

Calculate Shipping Cost 計算運送費用

Standard Shipping 標準運費

Rapid Shipping 速件運費

Seller pays shipping 賣方支付運費

Buyer pays actual shipping 買方支付實際運費

See item description for shipping charges
瀏覽運送費用的說明

To see your rates, enter your ZIP Code and press Calculate.
要知道你的費率，請輸入郵遞區號並按下計算鍵。

If item ships to Taipei or is picked up at our location add 5% sales tax.
如果商品運送至台北或在我們的地區自取，要加 5% 的營業稅。

Buyer pays fixed shipping charges
買方負擔固定運送費用

See our shipping rates & policies.
察看我們的運送費用和政策。

What will it cost to ship my package?
運送我的包裹需要多少費用？

If your country does not appear on this list, we probably can not ship a package to you.
假如你的國家沒有顯示在以下的清單中，我們可能無法出貨給您。

You may email us to check if we can add your country.
你可以發電子郵件給我方以確認我方是否無法增加貴國家（為出貨國）。

Furniture information　家具資訊

If a furniture item has been shipped, even if you have not received it yet, you are responsible for round-trip freight costs and a restocking fee if you decide to refuse delivery.
如果你拒絕出貨，而假使家具已經被出貨了，甚至你還未收到貨物，你都必需支付退貨產生的運送費用及重新進貨費用。

Chapter 24 | Shipping Area

運送地區

大部分購物網站都會提供全球出貨的服務,只有賣方為個人販售商品時,才有可能出現出貨地區的限制。

若是你已經是網站的會員,那麼網站會自動判斷是否出貨到此地區,但若是你尚未加入成為會員,那麼網站就不會在你下單出現出貨地區的提醒,而是在結帳被要求加入會員時,才會有運送地區限制的提醒。

👆 **Ship-to Locations**　　　　運送區域

👆 **Will ship to USA**　　　　將運送到美國

👆 **Will ship to USA only**　將只會運送到美國

👆 **Will ship to USA and the following regions**

　　　　　　　　　　　　將運送到美國及以下地區

👆 **Seller Ships Internationally (worldwide)**

　　　　　　　　　　　賣方可全球出貨

> 【相關類似及延伸用法】
> ▶ **Seller Ships Internationally**
> 　賣方可將物品寄送全球
> ▶ **Seller Ships to Taiwan Only**
> 　賣方只願將物品寄送到台灣

👆 **This item may not ship to your location!**

　　　　　　　　　　　這項商品無法運送到你的
　　　　　　　　　　　所在地！

「英語網購達人」提醒您：

會發生不能送到你的所在地的原因，通常是賣方有設
定出貨限制，例如若是賣方設定只願出貨到美國或加
拿大地區，那麼你在台灣便無法購買此商品。

Chapter 25 | Wrapping

包裝

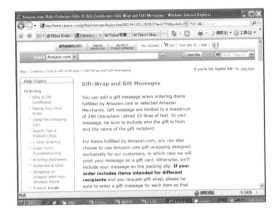

你所購買的商品是要自用或是禮物?若是沒有特別要求,購物網站都是使用標準的出貨包裝。

但是若是要當成禮物,那麼某些網站也提供禮品包裝的服務,只是通常需要支付一些禮品包裝的費用,你可以衡量實際的需要,再選擇是否需要禮品包裝的服務。

🖐 **Gift Registry**   禮品包裝登記

🖐 **Gift Wrapping Policy**   禮品包裝政策

🖐 **The cost for gift wrapping is $4.95.**
     禮品包裝費用是美金 4.95 元。

🖐 **Airmail**   航空郵件

🖐 **Registered Mail**   掛號郵件

🖐 **Packet**   小包

🖐 **Parcel Post**   包裹郵件

🖐 **Wrapping**   包裝

🖐 **Wrapping Paper**   包裝紙

🖐 **Show gift options during checkout**
     結帳時顯示禮品包裝選項

🖐 **Gift Wrapping**   禮品包裝

🖐 **Bubble Wrapping**   氣泡袋包裝

🖐 **Packing Peanuts**   寶麗龍包裝

🖐 **Do not gift wrap this order.**
     此訂單不要禮品包裝。

🖐 **Gift wrap this order for an extra US$3**
     此訂單需要禮品包裝，要再額外酌收美金三元

✍ **All gift wrapping is free of charge, so please let us know prior to shipping that you want your item gift wrapped.**

> 所有的禮品包裝都是免費的，所以請在出貨之前，讓我方知道你的商品需要禮品包裝(服務)。

✍ **It'll be done with tissue paper in proper holiday print or sometimes solid colors.**

> (禮品包裝)將用印有節慶圖案的棉紙或是單一顏色的棉紙包裝。

✍ **If you'd like special message for your friend or family, please let us know. We'll write post card according to it!**

> 如果你要給朋友或家人訊息，請讓我們知道。我們將會據此(需求)寫卡片。

✍ **When you get to the Shipping Address window in the Shopping Cart you will be asked if you would like to select the Gift Wrap option.**

> 當你在購物車的流程中進入到 **Shipping Address** 的視窗時，如果你想要禮品包裝，你將會被要求選擇禮品包裝選項。

👆 **Put a check in the option box authorizing the \$4.95 charge.**

> 選項框中標示打勾，費用是
> 美金 4.95 元。

👆 **Enter your personalized greeting or message in the text box and it will be added to the gift card.**

> 在文字框中鍵入你的個人的
> 祝福或訊息，(這些文字)就會
> 增加到禮品卡片中。

👆 **In the unlikely event that we cannot wrap a specific item it will be indicated in the product description.**

> 非節慶的活動我們無法提供特
> 別的禮品包裝，將會在商品說
> 明中註明。

👆 **Please note - Unless prior arrangements are made, we are unable to wrap large furniture items.**

> 請注意 - 除非是先安排，否則
> 我們無法包裝大型家具商品。

👆 **Please note that shipping/handling and gift wrapping charges are NOT refundable.**

> 請注意，運送/手續及禮品包
> 裝費用無法退費。

👆 **We will gladly wrap your purchase for free and enclose a gift message at your request.**

> 我們很高興能免費為您包裝商
> 品，並應您的要求附上禮品訊
> 息。

👆 **Please type your message on the order form exactly as you would like it to appear on the gift card.**

請在訂單表格中，將你希望呈
現在禮品卡片上的文字，正確
地鍵入。

👆 **We will not edit or correct the message.**

我們將不會編輯或更正訊息。

👆 **Not All Can Be Wrapped**

非所有的商品都可以提供禮品
包裝

👆 **There are a few exceptions to our gift wrapping policy.**

有一些我方的禮品包裝政策的
例外。

Chapter 26 | Feedback

評價

在您下單購買之前，若是不放心賣家的聲譽，例如是否會收了貨款卻沒出貨，或對商品的品質有疑慮等等，建議您可以到賣家的評價連結去瞧瞧。

通常一般拍賣網的個人賣方都會有此功能，但若是企業經營型態的購物網站，則沒有這樣的服務，您只能自己判斷此購物網站的信譽是否值得信任。

👆 **Feedback**	回饋評價	
👆 **Feedback Forum**	回饋評價頁面	
👆 **Feedback Profile**	回饋評價集結檔案	
👆 **Positive Feedback**	正面評價	
👆 **Negative Feedback**	負面評價	
👆 **Neutral Feedback**	中等評價	
👆 **Pros**	正面 (評價)	
👆 **Cons**	負面 (評價)	
👆 **Read 70 Reviews**	檢閱 **70** 則評論	
👆 **Read feedback comments**	讀取回覆評價	
👆 **Average User Rating (248 ratings)**	平均評價 **(248** 則評價**)**	
👆 **Response**	回應	
👆 **Snipe**	中傷	
👆 **Theme**	主題	
👆 **Rating**	排行、評價	
👆 **Items for Sale by Ivy(32)**	Ivy 的銷售商品(有 **32** 個評價)	
👆 **Was this review helpful? Yes/No (Report Problem)**	這些評論有幫助嗎？有/沒有 (回報問題)	

Chapter 27 | Q&A

常見問題

當你瀏覽、搜尋、訂購商品時,容易產生對商品的疑問,這些問題該如何解決呢?不用擔心,大部分購物網站都有提供 Q&A 的服務。

當你要向對方提出問題時,不妨先到 Q&A 的頁面瞧瞧,說不定已經有一些常見的問題與答案,可以讓你直接參考。

🖐 Q&A　　　　　　　　　問與答

🖐 Have any questions? 有任何問題嗎？

🖐 Have difficulties?　　有困難嗎？

🖐 Need help?　　　　　需要幫助嗎？

🖐 Frequently Asked Questions
　　　　　　　　　　常見問題

🖐 Shipping and handling charges are not refundable.
　　　　　　　　　　運費及手續費不可退費。

🖐 If you still have a question, please click here to send e-mail to our customer service department, or call us at 0800-123-456.

　　　　　　　　　　如果您還有問題，請點選這裡
　　　　　　　　　　寄發電子郵件給客服中心，或
　　　　　　　　　　來電 0800-123-456 洽詢。

Q：Can I see your products in a near-by store?
　　我可以在就近的商店看見您的商品嗎？

A：This web site is the only way to see and purchase our items.
　　這個網站是唯一可以看見及購買我們的商品的方法。

Q：Can I pick up my order at a store?
　　我可以在商店取貨嗎？

A：Products ordered from this web site cannot be shipped to any stores for pick-up.
　　在此網站訂購的商品無法運送至任何商店（現場）取貨。

Q : How to return my order?
如何退貨？

A : For return instructions, please see your packing
list or contact customer service.
若是需要退貨說明，請詳閱您的包裝清單或聯絡
客服中心。

Q : When will my order arrive?
我訂購的商品何時會到達？

A : 1. We will process your order in 1-3 days and
ship by UPS.
我們會在一至三天內處理您的訂單，並用 **UPS**
運送。

2. Please allow 2 weeks for delivery of in-stock
items.
若是商品有庫存，運送時間需要二週。

3. Allow 3 weeks for delivery of larger furniture
items.
若是大型家具的運送，則需要三週的時間。

4. You will see an estimated arrival date for each
item before you confirm your order.
您將會在確定下單前，知道每件商品預估的運
送時間。

5. You can also check the status of your order
after it is placed. Click here to check the status
of an existing order.
您也可以在您下單之後，瞭解運送的狀
況。請點選這裡察看訂單的（處理）狀態。

Q：How do I return a product?

我如何辦理退貨？

A：1. If you are not 100% satisfied, merchandise can be returned for credit or refund.

如果您完全不滿意（商品），您可以辦理換貨或退款。

2. For return instructions, see pack list or call 0800-123-456, M-F, 9:00A.M.-6:00P.M..

若是要退貨，請詳見包裝清單，或來電 **0800-123-456**（上班時間星期一至星期五/早上九點至晚上六點）。

Chapter 28 | Slogan

拍賣標語

在網路購物中,除了商品的品質保證之外,如何在眾多的販售商品中脫穎而出,得到買家的青睞,「行銷標語吸引買家的目光」佔了相當大的決定因素,不論是從商品本身的特色或是商品的優惠價格等都可以是標語的主要訴求。

本單元蒐集各購物網站對商品的行銷標語,供您參考。

🖑 **Shop Now**	開始購物
🖑 **Buy It Now**	現在就買
🖑 **Instant Purchase**	馬上購買
🖑 **What's Hot?**	什麼是熱門？
🖑 **New at Yahoo**	**Yahoo**(網站)的新品
🖑 **Weekly AD**	每週廣告
🖑 **On Sale**	特價
🖑 **Clearance**	清倉大拍賣
🖑 **Shopping?**	想購物嗎？
🖑 **Better Together**	最好兩件一起買

「英文網購達人」提醒您：

在你搜尋商品後，系統會自動判斷有哪些商品可能也
是你有興趣的商品，此時就會出現類似建議您一起買
這些商品的標語。

🖑 **Buy 2 or more for US$6.00**

賣兩件或更多為六美元

🖑 **Order NOW and get 1 FREEYEAR of Homes Magazine**

現在就下單就可以獲得免
費一年的 **Home Magazine**
(雜誌)

🖑 **The best of online stores at your fingertips**

網路上最佳商店

"at your fingertips"表示「在你的指尖」的意思，就是表示使用網路點選之意，上述這句" The best of online stores at your fingertips"無須指出「在你的指尖」的說明，就是表示「網路購物最佳商店選擇」之意。

☞ **Buy Both Now**　　　　　現在兩件都買

"buy both"表示有兩件相關的商品提供給網友參考時，會出現一種促銷的舉動語句，往往也有超連結至「購物車」或「商品說明」的功能。

☞ **Special promotion extended**
　　　　　　　　　　特別促銷活動開始

☞ **Special Gift is not currently available**
　　　　　　　　　　「免費好禮」現在不開放
　　　　　　　　　　使用

表示"Special Gift" (「免費好禮」)這個活動已經取消的意思。

☞ **The best place to buy and sell online!**
　　　　　　　　　　線上最佳拍賣、購物中
　　　　　　　　　　心！

✍ **FACTORY DIRECT SALE!**

工廠直營！

「英文網購達人」提醒您：

當句子的每一個單字字母都是用大寫表示時，就是表示強調的意思，例如："I LOVE you" 就表示強調「愛」的行為，若是"I love YOU"，則強調愛的對象是「你」，此外，若是"I LOVE YOU"則強調「非常非常愛你」的行為。

✍ **Buy online. Pick up in store.**

線上購物，店面取貨。

✍ **Satisfy your craving for savings**

滿足您省錢的慾望

✍ **The right furniture at the right price**

最棒的家具，最優惠的價格

✍ **Save 10%-20% on over 1000 furniture items.**

超過上千件家具，省下 **10%-20%** (費用)。

✍ **Save up to 75% on original prices.**

省下原價高達 **75%**以上的費用。

✍ **Looking for new sheets or towels to freshen up your bedroom or bathroom d␣cor?**

想要尋找新的床單或毛巾以讓您的臥室或浴室裝潢煥然一新嗎？

🖑 **Perfect Visit our Perfect Bed Guide for help finding the perfect bed sheets.**

> 瀏覽我們的 **Perfect Bed Guide** 以幫助尋找最佳的床單。

🖑 **Sign in to find the best total price for Bed & Bath**

> 登入以尋找最佳價格的寢具及衛浴用品

🖑 **Rebate(s) available**   可以使用折扣回饋

🖑 **Price Match Policy**   價格符合策略

🖑 **Sell Internationally**   全球銷售

國家圖書館出版品預行編目資料

如何上英文網站購物／Rod S. Lewis 編著.
　--初版.---臺北縣汐止市 ： 雅典文化,民96
　　面；公分. -- （全民學英文系列：10）
　　ISBN：978-986-7041-42-5（平裝）

　1. 網路英語　2. 商業英語

805.1　　　　　　　　　　　　　　96011557

如何上英文網站購物

編　　著 ◎ Rod S. Lewis
出 版 者 ◎ 雅典文化事業有限公司
登 記 證 ◎ 局版北市業字第五七〇號
發 行 人 ◎ 黃玉雲
執行編輯 ◎ 張瑜凌
編 輯 部 ◎ 221 台北縣汐止市大同路三段 194─1 號 9 樓
　　　　　　EmailAdd: a8823.a1899@msa.hinet.net
　　　　　　電話◎02-86473663　傳真◎ 02-86473660
郵　　撥 ◎ 18965580 雅典文化事業有限公司
法律顧問 ◎ 永信法律事務所　林永頌律師
總 經 銷 ◎ 永續圖書有限公司
　　　　　　221 台北縣汐止市大同路三段 194─1 號 9 樓
　　　　　　EmailAdd: yungjiuh@ms45.hinet.net
　　　　　　網站◎ www.foreverbooks.com.tw
　　　　　　郵撥◎ 18669219
　　　　　　電話◎ 02-86473663　傳真◎ 02-86473660
　　　　　　ISBN：978-986-7041-42-5（平裝）
初　　版 ◎ 2007 年 10 月
定　　價 ◎ NT$ 149 元

雅典文化讀者回函卡

謝謝您購買這本書。

為加強對讀者的服務，請您詳細填寫本卡，寄回雅典文化；
並請務必留下您的E-mail帳號，我們會主動將最近"好康"
的促銷活動告 訴您，保證值回票價。

書　　名：如何上英文網站購物

購買書店：＿＿＿＿＿＿市／縣＿＿＿＿＿＿＿＿＿＿書店

姓　　名：＿＿＿＿＿＿＿＿　生　日：＿＿年＿＿月＿＿日

身分證字號：＿＿＿＿＿＿＿＿＿＿＿＿＿＿＿＿＿＿＿＿

電　　話：(私)＿＿＿＿＿(公)＿＿＿＿＿(手機)＿＿＿＿

地　　址：□□□＿＿＿＿＿＿＿＿＿＿＿＿＿＿＿＿＿＿

E - mail：＿＿＿＿＿＿＿＿＿＿＿＿＿＿＿＿＿＿＿＿

年　　齡：□20歲以下　□21歲～30歲　□31歲～40歲
　　　　　□41歲～50歲　□51歲以上

性　　別：□男　□女　　婚姻：□單身　□已婚

職　　業：□學生　□大眾傳播　□自由業　□資訊業
　　　　　□金融業　□銷售業　□服務業　□教職
　　　　　□軍警　□製造業　□公職　□其他

教育程度：□高中以下（含高中）□大專　□研究所以上

職 位 別：□負責人　□高階主管　□中級主管
　　　　　□一般職員　□專業人員

職 務 別：□管理　□行銷　□創意　□人事、行政
　　　　　□財務、法務　□生產　□工程　□其他＿＿＿

您從何得知本書消息？
　　□逛書店　□報紙廣告　□親友介紹
　　□出版書訊　□廣告信函　□廣播節目
　　□電視節目　□銷售人員推薦
　　□其他＿＿＿

您通常以何種方式購書？
　　□逛書店　□劃撥郵購　□電話訂購　□傳真訂購　□信用卡
　　□團體訂購　□網路書店　□其他＿＿＿

看完本書後，您喜歡本書的理由？
　　□內容符合期待　□文筆流暢　□具實用性　□插圖生動
　　□版面、字體安排適當　　□內容充實
　　□其他＿＿＿

看完本書後，您不喜歡本書的理由？
　　□內容不符合期待　□文筆欠佳　□內容平平
　　□版面、圖片、字體不適合閱讀　　□觀念保守
　　□其他＿＿＿

您的建議：
＿＿＿＿＿＿＿＿＿＿＿＿＿＿＿＿＿＿＿＿＿＿＿＿＿＿

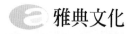

雅典文化

為你開啟知識之殿堂